Corpo, Mente e Espírito

Romance

VIVIANY SANTOS

ISBN: 9798859016662

Selo editorial: Independently published

Ilustração da capa

Estevan José Batista dos Santos

Revisão

Priscila Calado

Dedico com amor,

aos meus filhos, Heitor e Helena!

Sumário

ALGUMAS PALAVRAS

A inspiração para este livro surgiu de uma experiência que transformou minha própria percepção do mundo. Inicialmente buscando aprender a ler auras, fui surpreendida com o início de uma jornada de cura e autoconhecimento por meio de um curso de leitura de aura, onde fui presenteada com leituras de vidas passadas, revelando os contornos de existências anteriores. Nesse momento, compreendi que não era apenas uma espectadora da história, mas sim uma fiel mensageira, incumbida de dar vida às memórias enterradas e aos sonhos esquecidos. Assim, o que começou como uma simples incursão no mundo do autoconhecimento se transformou em um caminho de criação literária profundamente enraizada na conexão entre passado e presente, entre o visível e o invisível. Em meu romance histórico, mergulhei na alma de um povo esquecido, cujas vidas foram moldadas pelas marés e pela natureza selvagem. Por vezes, por meio da voz de Regi, nosso protagonista caiçara, em outro momentos pela voz da leitora de aura, mas sempre, explorando as nuances da cultura tradicional, os desafios da época colonial e as inquietações dos mistérios da alma.

Convido-os(as) a conhecer essa história.

Com amor,

Viviany

Não temas o mal, do contrário, não cumprirás teu chamado!

PARTE 1

Capítulo 1

Vila Nova

Vila Nova da Exaltação à Santa Cruz do Salvador de Ubatuba, Capitania de São Vicente, Estado do Brasil
Ano: 1734

"Acordei sem saber onde estava, olhei ao redor, não reconheci o ambiente, não sabia quem era, meu nome, nem minha feição. Com o corpo dolorido, comecei a me movimentar, levantar estava difícil, meu abdômen doía e eu não consegui me mover. Fiquei sob o sol, olhando o céu por entre a copa das árvores, a boca seca, como se algo tivesse me ressecado, por dentro e por fora. Aos poucos as lembranças vieram! Da forma que estava, só podia ter sido ela, a planta mais potente que já conheci, eu não acreditava que havia errado ao fazer o chá, me distraí, peguei a folha errada! Será? Será que cometi um erro a ponto de me matar? Sem conseguir me mover fiquei ali, preso às dores que me matavam, mas ao mesmo tempo me mantinham vivo!"

Ele desmaiou e quando acordou já havia anoitecido.

"Abri os olhos e senti que estava a muito tempo dormindo, era noite, não sei se do mesmo dia! Eu não tinha mais como saber, controlava os dias na pedra, e não saberia ao certo por quanto tempo estava desmaiado, adormecido, desorientado".

Esforça-se para levantar mas desmaia novamente e dorme profundamente, acordando somente na madrugada.

"Como vou sair daqui?! Eu não posso morrer aqui, não vou

1

me entregar, eu posso me mover, irei conseguir! Se algo acontecer nunca me encontrarão!"

Capítulo 2

Palavras

"Eu costumava fazer essas experiências, tinha um fascínio pelas plantas. A pessoa que mais sabia sobre plantas onde eu morava se foi. Era o velho Gomba, ele entendia como ninguém da força da natureza, conversava com as plantas e sabia suas necessidades, o que elas queriam.

Quando menino, fiquei impressionado quando entendi a primeira vez o que se passava. Gomba vivia com um certo grau de inconsciência, às vezes dançava e falava sozinho e ainda ia de planta em planta mediando um debate, depois ele pegava todo aquele conhecimento e dividia com as pessoas. Ele nasceu assim, na vila entendiam o seu dom e esperavam momentos de sua fala, lúcidos ou não, queriam aproveitar algo para si.

Gomba também tinha uma grande ligação com o todo, os astros, as estrelas e as constelações, não ensinaram para ele, apenas falava e sabia de onde vinham. Mas ele se foi, muito jovem, pois não era daqui, não pertencia a esse mundo. Quando nasceu, não comia, quase não bebia, não mamou direito, ele não precisava do que precisamos.

Eu passava o dia inteiro esperando Gomba aparecer. Quando o via, corria e o seguia por todos os lugares. Ele não dizia nada, não se importava por eu estar ao seu lado, as crianças ficavam perto dele, ele sorria e seguia seu caminho, sem abalos.

Em uma manhã, segui-o sem que me visse. Ele estava com

um vasilhame com um líquido e andava muito rápido. Escondi-me atrás de um jatobá que ficava na saída da vila. Desconfio que sabia que estava seguindo-o, mas ele simplesmente continuou a caminhada e eu também, acompanhando seus passos, de árvore em árvore.

Ele andou muito, pulou pedras, passou por dentro de arbustos, sem parar caminhava com o vasilhame na mão e eu já com a respiração ofegante seguia-o fielmente. Ouvia o barulho dos pássaros, do vento batendo nas árvores e o som de um pássaro grande voando, parecia que acompanhava o velho Gomba. O chamo de velho porque, apesar de jovem, ele tinha a sabedoria de um ancião, apesar de falar pouco, sua forma de viver sempre me intrigou, pois tinha curiosidade de saber o que ele pensava e como ele conseguia entender os movimentos da natureza com tanta delicadeza e sem as pessoas terem dito coisas a ele.

Gomba passou por duas pedras bem estreitas, continuei seguindo-o. Sua roupa ficou presa nas pedras, ele puxou e ela rasgou, mesmo assim ele seguiu. Comecei a ouvir o barulho da água, estávamos perto do rio, que vai até uma cachoeira. Esse lugar é sagrado, só é usado por algumas pessoas do nosso povo quando é feito algum ritual, nunca havia estado nessa cachoeira sozinho, sempre existiu muito mistério para irmos até lá.

Quando atravessei a pedra já comecei a sentir algo muito diferente, parece que a força da água, o barulho, mexeu comigo. Eu não sei bem o que aconteceu.

Naquele lugar havia cristais, que ficavam distribuídos por vários lugares; eu me arrepiava constantemente, ficava com a respiração falha e a visão um pouco turva. Mal conseguia enxergar Gomba.

Depois que me acalmei, olhei para o rio e Gomba estava lá, sentado em uma pedra, olhando fixamente para a água. Ele então tirou sua roupa, deixou-a no chão e entrou na água, ficou por um longo tempo deixando a água molhá-lo, sem fazer nenhum movimento.

Concentrado, nada podia abalar o que ele estava sentindo e fazendo. Aproximei-me e fiz o mesmo. Ele me olhou, não fez nenhuma feição de espanto, somente continuou em seu momento de mergulho e uma certa oração.

Fiquei na cachoeira me banhando, diferente de todas as vezes que me banhei, pois eu pulava, sorria e até gritava de alegria. Naquele momento, fiquei somente em silêncio. Era somente Gomba, a água, os cristais, o som e eu.

Gomba, depois de muito tempo sentindo a água, saiu. E eu, intrigado, fiz o mesmo. Gomba sentou-se em uma grande pedra que ficava ao lado da cachoeira e ficou olhando para o fluxo da água. Ele retornou à beira do rio, pegou seu vasilhame com um líquido, que agora eu podia ver, era um líquido amarelado. Foi até seu chapéu e pegou umas folhas presas, em seguida pegou uma pedra pequena e na pedra grande começou a amassar as folhas, macerando-as. Depois disso, misturou-as com o líquido e tomou.

Nesse momento, não consegui falar, nada perguntei e ele também não me ofereceu. Gomba ficou quieto por muito tempo, em seguida desceu da pedra e sentou-se no chão, no barro que se misturava com a água e as folhagens. A partir daí começou a fazer movimentos bruscos, não conscientes, e a se virar na areia, de todas as formas, como se estivesse tendo alucinações. Ele se remexia tão forte na areia que era como se cavasse um buraco na lama.

Eu não estava entendendo o que acontecia, só via que era algo que ele não controlava e que ele estava ali para fazer isso. Eu não entendia, mas ele estava entendendo. Aproximei-me daquele recipiente, olhei para o líquido e tomei. Senti um gosto amargo, mas suportável. Fiquei ali, olhando para Gomba, vivendo fortemente aquele momento e fui entrando em uma espécie de transe: meu corpo iniciava movimentos involuntários e não lembro mais o que aconteceu.

Acordei um pouco confuso, olhei ao redor, com a vista turva, não vi ninguém. Era quase noite. Fiquei com medo e ao mesmo tempo muito tonto para levantar.

5

Retornei à consciência aos poucos, vesti-me e voltei para a vila. Durante o caminho de volta meus pensamentos estavam confusos, a cada passo que dava não conseguia organizar mentalmente o que estava acontecendo, corria e chorava sem parar.

Atordoado, recolhi-me, sem falar com ninguém. A experiência foi muito estranha e ao mesmo tempo incrível. As lembranças foram surgindo aos poucos, conectei-me com um ancestral, que me olhou e me abençoou, depois disse que eu continuasse fazendo somente o que eu tivesse vontade, que minha missão era ouvir minha voz interior.

Ele falava e sua voz ecoava. Muito emocionado dormi, cansado, muito cansado, mas ao mesmo tempo leve.

Acordei várias vezes durante a noite, as lembranças vinham à minha mente, confuso, dormia e acordava com o coração batendo forte e com as lembranças e sensações da experiência.

O que havia naquele pote? O que eu bebi? O velho Gomba jamais me diria.

Dias se passaram e resolvi conversar com Gomba. Ele só falava se fosse para o bem de todos, não soltava palavras soltas. Gomba estava colhendo frutas, depois sentou-se e comeu-as. Próximo onde ele se sentou haviam pequenas flores, então ele pegou uma flor, cheirou e comeu também. Aproximei-me, sentei-me e disse:

— Gomba, eu também tomei o que você misturou na cachoeira.

— Eu sei. O que você tomou é um preparado de ervas.

— O que elas fazem conosco? Tive momentos muito intrigantes e ao mesmo tempo gostei do que aconteceu, mas eu ainda estou muito confuso.

— Você teve uma comunicação?

— Sim.

— E essa comunicação te deixou melhor?

— Foi um ancestral muito antigo.

— Os antigos são muito sábios.

— Ele me falou que eu ouvisse minha voz interior.

— Sim. — Gomba falou sorrindo.

— Mas eu ainda não sei bem como fazer isso.

— No momento certo saberá.

— É isso que você faz?

— Sim.

— Todas as pessoas da nossa vila passam por essa experiência?

— Quando querem, cada uma no seu tempo pode receber, quando se sentem prontos. Tem pessoas que nunca quiseram. As mulheres já são muito unidas ao seu espírito, muitas já sabem o que fazer, elas se conectam com o ventre da terra e do ser superior quando são mães, quando escutam suas vozes internas falarem do servir a si mesmas e aos seus filhos, o cuidado da terra e do alimento, elas são sábias, por isso nos guiam nos dias de hoje, são nossas mentoras naturais.

— Se um dia quiser, pode me ensinar como se prepara?

— Sim, um dia ensinarei.

A partir daquele dia passava os dias observando as plantas e a forma como as mulheres e Gomba as usavam para curas e alimentos.

Existiam duas plantas muito importantes na nossa alimentação: a mandioca e o feijão. O arroz também, nos reunimos para fazermos a colheita, ele é plantado no tempo quente e colhido no início do frio. Também coletamos alimentos na mata, muitas frutas. O velho Gomba só delas se alimenta.

Era tempo de poucas chuvas, dia de ir para o mar, dia da pesca e o momento de aprender a capturar as tainhas. Eu estava aprendendo a pescar, a cuidar do nosso povo também, por meio do alimento sagrado que vinha do mar, os peixes. Todos se ajudavam no momento da pesca da tainha, as pessoas da nossa vila possuíam uma ligação especial com o mar e eu aprendi a admirar e a usar a energia do mar e da natureza para me purificar.

Eu tinha muitos pensamentos que me faziam não dormir direito, passava noites me revirando e não dormia bem. Em uma dessas noites, levantei-me e com a inquietação que só os bichos noturnos têm, saí sem direção, ouvindo meus passos fortes e rápidos no chão, fui parar em frente ao mar. Sentei-me sentindo o vento gelado, que parecia que me acariciava, que conversava comigo. Fiquei muito tempo sentindo fortemente o vento. Eu ia aumentando minha percepção, como se meus poros estivessem se comunicando com ele. O vento, para mim, naquele dia, tornou-se verdadeiramente uma entidade. Eu fui e ela veio mesmo conversar comigo, me abri e conversei também. Estava tão imerso na experiência que pude sentir o prazer e a presença, a leveza e a força que essa entidade tem e traz.

Fiz perguntas ao vento e ele sutilmente me trouxe respostas. Deixava-o me envolver e formulava uma pergunta, colocava a mão no peito, fechava meus olhos e sentia fielmente a sua resposta com a imagem que se formava em minha mente depois da pergunta. Ao fazer esse movimento senti que precisava partir, que precisava seguir meu caminho. Meu povo me dava vida e voz, mas minha missão era de ir e sentir o que se colocava para mim.

Na vila eu fazia muitas atividades, além de pescar, saia à caça, organizava derrubadas, abria clareiras e queimadas, também trabalhava na construção dos nossos abrigos. Eu tinha minha própria forma de construir, que aprendi com meu avô e meu pai. Eram casas com paredes de pau-a-pique, com um bom acabamento, com base de pedra, cobertas com capim sapé depois de seco. Depois de finalizada a construção, a casa ficava segura e graciosa.

Sinto que estou contribuindo com meu povo, que os antigos passaram seus ensinamentos, que nós jovens estamos absorvendo-os, mas algo incomoda no meu peito, algo diz que devo partir, uma ponta de angústia anseia em mim. Apesar de sentir que estou levando uma vida agradável, com partilhas diversas, alegrias dos meus, meu coração e minha mente anseiam por um lugar desconhecido e envolvente. Esse lugar me faz viajar mentalmente, secretamente, deixa-me confuso. Estou com 21 anos e posso decidir sobre meu destino.

Meu lugar de morada é dentro da floresta, existe uma trilha para chegar até lá. Alguns dos nossos companheiros moram na beira da praia e têm problemas quando suas casas são inundadas pela água do mar. Isso é comum, nós gostamos do mar e queremos ficar perto dele e, muitas vezes, ocorre de a maré invadir alguma casa, mas convivemos com isso. Nossa casa tem poucos móveis, gostamos de redes e vivemos bem assim. Somos uma mistura de indígenas e de pretos, com alguma influência de pessoas que se misturaram com nossos povos, que vieram de Portugal, mas hoje nos vemos, nos olhamos, nos misturamos e convivemos como um só povo. Temos nossos próprios costumes, nossa forma de plantar, de colher e de comemorar.

Quando a maré enche e a lua está cheia vamos todos para a beira do mar. Nós comemoramos com a dança, fazemos uma grande fogueira e festejamos com comida e reverenciamos o grande oceano, que nos traz alimento e muita fartura. O lamento só existe quando não temos o retorno das nossas expectativas quando vamos ao mar, mas tudo é um grande momento de reflexão para o nosso povo, um aprendizado constante, do que nos dá e o que nos pede a natureza.

Nós aprendemos a plantar, a pescar e a colher de acordo com a lua. À caça só vamos quando podemos ver, quando está claro e podemos assim nos proteger. Nossas ervas são sagradas, plantamos junto as flores para atrair proteção dos encantados, que nos guiam com seus ensinamentos, vigentes dia e noite, imponentes em suas instruções sábias. Nossas festas são uma alegria, nos reunimos frequentemente e recebemos quem de fora vem, com respeito e com escuta.

Muitas pessoas são atraídas para cá, elas querem provar o sabor de viver em harmonia como vivemos. Querem aprender a pescar e a caçar, alguns chegam e ficam, outros querem construir seu próprio caminho depois dos nossos ensinamentos.

Um viajante chegou na nossa vila. Vinha cansado e sozinho e pediu abrigo. Ele não falava nossa língua, aparentava vir de muito longe, fez na areia um desenho para nos explicar de onde vinha. Ficou apenas um dia, alimentou-se e dormiu.

Fiquei imaginando onde ele nasceu, como foi sua vida, se tinha filhos e porque andava sozinho e tão debilitado. Essa foi uma das minhas noites sem dormir, parece que eu sentia influência de algumas pessoas ou era apenas curiosidade. Muito cedo, levantei-me e saí, fui ver como estava o viajante. Ele estava parado, pensando, sinalizou para conhecer nossa região, fui até a mata, mostrei os plantios, a forma como construíamos as casas, as canoas e o mar.

Colhemos frutas, banana e caju, e emocionado ele me chamou, tentou expressar que estava grato pela noite, pelo alimento e que precisava partir. Colhi algumas frutas, enquanto ele comia peixe com farinha seca, oferecido por outros moradores.

O viajante cumprimentou algumas pessoas que passavam e que estavam curiosas, por estarem vendo-o pela primeira vez e eu expliquei que era um homem que estava em uma missão e de passagem por nossa vila. Ele me olhou sério e abriu sua bagagem, procurou algo dentro dela e pegou um livro, o livro tinha uma capa escura, grossa e resistente. O viajante abriu o livro, retirou papéis que estavam soltos dentro dele, olhou mais uma vez se existia algo mais dentro do livro, fechou e me deu. Não entendi bem por que ele me entregou o livro, mas eu recebi. Peguei aquele livro bastante usado, abri, folheei e ele disse algo em outro idioma, ele quis dizer "fique com ele", "fique com o livro". Muito desconcertado, agradeci.

Enquanto o viajante organizava sua bagagem, muitos pensamentos vieram à mente. Ele olhou para mim, intrigado, olhou para o livro com feição de dúvida, talvez porque não fiz comentários sobre o livro, em seguida falou: Camões, Luís Vaz de Camões.

Logo começaram as chuvas, dias de intenso trabalho fazendo

ajustes nas casas que tinham problemas em sua estrutura e outros causados por estragos da chuva. Muitas pessoas se movimentavam nessa época, era época de plantio e tudo era feito com a ajuda de todos. Era lua cheia, dia de festa, mas me recolhi, naquele dia não queria participar. Estavam todos felizes com os preparativos, as crianças brincavam, entusiasmadas com a organização da fogueira, vinham pessoas de outros lugares.

Eu estava comendo, olhei para a mesa e lá estava ele, o livro. Peguei o livro, meu facão e saí. Comecei a entrar na floresta e segui na trilha que conduzia para o caminho da serra. Ainda era cedo, demoraria a anoitecer. Segui cortando galhos, talvez fizesse tempo que havíamos feito aquele caminho, geralmente os homens da vila usavam esse caminho para caçar e para buscar alguns alimentos e ervas na floresta.

Continuei subindo, caminhei bastante, avistei uma grande pedra em que tinha o costume de ir, era a junção de duas pedras que parecia uma caverna. Em dias de caça, dependendo da rota, descansávamos lá. Subi na pedra e fiquei ali, a ventania estava forte, eu sentia o vento como um toque, um carinho que o criador de todas as belezas que estavam ao meu redor me dava, me entregava. Grato pelo lugar onde vivo, acordo e me sinto muito bem, com o lugar onde durmo, as pessoas que convivo, o trabalho que faço, os companheiros, as crianças, o rezo. É o meu lugar, é a minha tribo, o meu povo, me sinto verdadeiramente integrado. E o modo de vida que temos, que conseguimos manter, deixando nossas raízes mais fortes, conseguindo manter nossas tradições, o quanto podemos, é muito importante para mim e para todos nós que sabemos que devemos conservar nossos costumes. Quando perdemos nossos costumes, deixamos algo de ruim entrar e isso pode nunca mais remendar o que se rompeu. Somos uma mistura, mas cada um a seu modo faz com que possamos manter nossa vida com as outras vidas, ainda mais unidas.

Quando pessoas de outros lugares adentram na nossa comunidade, aceitamos, acolhemos, mas os mais antigos sempre nos alertam que somos diferentes e ao mesmo tempo iguais. Nossas diferenças nos unem, mas nossos ancestrais gostam que nos mantenhamos firmes com nosso modo de ser. Nossa terra é sagrada, honramos com tudo o que temos, porque é tudo o que temos.

Eu olhei muito tempo para o livro, para o que havia escrito ali. Por que recebi das mãos daquele desconhecido aquele livro? Se ele vinha de tão longe, tão cansado, mas ainda assim carregava o livro em sua bagagem, deveria ser muito importante. Por que ele me entregou? Eu sei que deveria estar muito agradecido pela acolhida que demos a ele, mas o que o fez me entregar? Será que já havia lido e queria passar para alguém? Será que sentia dor ao olhar aquele livro? Será que era dele mesmo? Vi que tinha coisas escritas nele.

Estava anoitecendo, acabei me distraindo, deveria ir, deveria retornar à vila, já sentia vontade de ver o brilho da fogueira. Assustei-me quando olhei para o lado, saía ela, a grande lua, a lua cheia, transbordando, ela veio com toda a sua força. O céu estava limpo naquele dia, um grande presente, um verdadeiro poder emanava dela e eu absorvi todo ele. Resolvi ficar, passar a noite ali. Já estava acostumado, já havia feito aquele caminho e ficado na pedra algumas vezes. Eu não havia trazido fogo, mas a luz da lua era suficiente para iluminar onde eu estava. Estava no alto, apreciando toda a grandeza da lua cheia. Mas algo me incomodava: era o livro. Eu não conseguia saber o que estava escrito nele! Ao olhar para o livro senti muita dor, dor de angústia, dor de falta, dor de desespero, de tristeza.

Fiquei muito tempo folheando aquele livro, página por página, sentindo o papel, o cheiro, o que ele me trazia, o que me fazia sentir. Nesse momento chorei, tamanho era meu deslumbramento com aquele momento, com a lua, com a sua força, com o cheiro do mato, com a possibilidade de ficar ali, passar a noite observando, admirando, pensando, refletindo. Eu não estava satisfeito. Eu chorei muito pela emoção e pela tristeza de ter aquele livro nas mãos e não poder contemplá-lo com meus próprios olhos. Mesmo folheando-o com minhas próprias mãos eu não conseguia escolher o que ver com meus olhos, beber e engolir e deglutir e saborear cada dizer, cada palavra. Eu não podia, eu não sabia!

Aquela dor tomou conta de mim, chorei como uma criança quando sofre e chora sem alcançar um limite, chorei como quem perde um ente querido, como quem perde um amor, como quem sente uma dor tão forte que não sabe como saná-la.

Meus olhos já não conseguiam ver as palavras, estava escuro. As palavras, quem as inventou? Antes fosse escuro para todas as pessoas! Antes todos não pudessem ver! Antes eu não tivesse recebido aquele presente! Ele, mesmo sem falar, mesmo sem morder e mesmo eu não o amando, me fez sofrer! Aquele livro me fez ver quem sou, onde estou e me fez ver também o que eu não tinha. Eu era completo! Agora me falta e como dói essa falta."

Capítulo 3

– "Cessem do sábio Grego e do Troiano"

Regi chorou quase que a noite toda, afastando qualquer animal que passasse por ali. Ele estava fora de perigo, ele se protegeu com sua própria dor. Colocou o livro longe de si, como se de alguma forma ele fosse lhe fazer mal, estava com repulsa, se sentindo mal, fraco, traído por sua história, pelo seu povo, pela sua origem que tanto honrava. Ao mesmo tempo que se sentia culpado por não estar satisfeito, ele se sentia paralisado. E quando pensava que mesmo quando a luz do sol viesse e ele abrisse o livro, mesmo assim não poderia enxergar o que ali havia, então ele chorava ainda mais. Adormeceu com o livro sobre si. Naquela noite, choveu.

Sentindo os pingos da chuva Regi acordou assustado, o livro já havia molhado, então ele tentou se abrigar nas pedras, mas como não havia levado fogo, não poderia se proteger tanto, pois poderia haver algum animal que ele não havia visto e poderia se machucar de alguma forma. Então, ele se sentou abraçado ao livro e deixou suas costas para fora da caverna. Quando os primeiros raios saíram, Regi iniciou sua caminhada, estava como quem perdeu a bússola, o caminho. Resolveu ir pelo trajeto que levava à cachoeira, a mesma que havia estado ao seguir Gomba.

A trilha era mais difícil, ele estava cansado. Parou quando viu uma goiabeira, colheu umas goiabas e seguiu. Ao chegar na cachoeira olhou para ela como uma mãe, como algo que fosse lhe salvar, alegrar e resolver seus problemas. E assim ele entrou na cachoeira, a cachoeira da lua cheia, e se banhou incansavelmente, como se aquela água levasse toda sua dor, angústia e tristeza. Ele se banhou naquelas águas pedindo à mãe cachoeira, a rainha das águas, para limpar aquela dor. Sabia que ia passar, mas era algo que poderia doer por muito tempo.

Em um desses momentos com a água passando fortemente pelo seu corpo, lembrou-se do senhor Rudolf que há alguns anos foi morar naquelas terras, um pouco distante da vila, mas sempre se relacionou bem com seu povo. Regi saiu da água, ficou sentado enquanto se secava e admirava aquele lugar que dava sempre uma sensação tão especial, sensação de prazer e ao mesmo tempo de cura. Abriu o livro novamente e ao folheá-lo encontrou um pedaço de papel rasgado com uns escritos, aquilo o deixou curioso e com um impulso se vestiu e seguiu para a vila.

Ao chegar à vila encontrou algumas pessoas do seu convívio, que ficaram olhando para ele, pois estavam todos à sua espera, mesmo sabendo que Regi sabia bem o que fazia, caso acontecesse algo na floresta. Ele, no entanto, não teve muito tempo para dar explicações, trocou rapidamente sua roupa molhada e partiu em direção à casa de Rudolf.

Ao fazer o caminho, passou pela casa de um de seus companheiros de trabalho.

— Seu Gonçalo, o senhor está aí?

— Sim, Regi, estou — Gonçalo respondeu.

— Seu Gonçalo, preciso sair e ao retornar continuo com meu trabalho.

— Regi, você precisa de ajuda?

— Não, senhor, preciso desse tempo e reponho meu trabalho quando voltar.

— Mas a casa do seu Baltazar está sem cobertura, eu não consigo fazer sozinho, Regi.

— Eu passo a noite trabalhando, mas eu preciso ir.

Regi saiu com pressa, antes que algo não o deixasse sair da vila.

Seu Gonçalo ficou resmungando sem entender o que estava acontecendo. Regi sempre estava lá para o seu trabalho. Gonçalo falou:

— Bom! Que Regi faça o que tem que fazer.

Regi resolveu ir pela praia. Enquanto respirava aquele vento ainda gelado pensava no que falaria para o senhor Rudolf. O que sabia sobre ele era da sua gentileza, da sua presteza, mas também sabia que ele tinha passado por problemas, por isso estava ali. Havia algo misterioso, mas Regi não se importava, queria a todo custo saber o que estava escrito no papel. Depois de uma hora de caminhada, Regi vê a casa do senhor Rudolf.

A porta da casa estava aberta, mas não via movimento. Sabia que ele morava com sua esposa, que vieram juntos de algum lugar e que sua língua materna não era a sua, mas se comunicavam bem. De repente Rudolf aparece na parte de trás da casa. Regi fica acuado, sem querer chamá-lo, mas toma coragem.

— Senhor Rudolf?

Rudolf não o ouve e Regi insiste.

— Senhor Rudolf?

Uma senhora aparece na porta da frente, esfregando as mãos e sorridente. Ela diz:

— Sim, meu jovem. Rudolf está nos fundos da casa. Venha!

Ele ficou surpreso, com vontade de ir embora, mas seguiu firme no seu propósito.

— Vou chamá-lo — disse ela.

Logo Rudolf apareceu na porta da frente na companhia de sua esposa.

— Olá, Regi. Como vai?

— Olá, senhor Rudolf, vim para pedir uma ajuda.

— Está tudo bem? Estão precisando de mim? Estou surpreso de estar aqui.

— Não, não. Está tudo bem. A ajuda é para mim.

— Sente-se e me fale como posso ajudar.

Sentaram-se, cada um em um banco, enquanto Regi retirava

16

o livro de uma bolsa, que carregava com muito cuidado. O seu coração pulava dentro do corpo, ele estava muito decidido, mas também não sabia como seria interpretado, estava nervoso.

— Venho para que me ajude a entender o que está escrito aqui — disse Regi. — Recebi esse livro de um viajante que dormiu na nossa vila. Dentro dele, encontrei esse papel. O senhor pode ler para mim?

O casal trocou olhares de surpresa e ao mesmo tempo de admiração e Rudolf, satisfeito, pegou o pedaço de papel e leu.

—*"Cessem do sábio Grego e do*
                    [Troiano
As navegações grandes que
                    [fizeram;
Cale-se de Alexandro e de
                    [Trajano
A fama das vitórias que tiveram;
Que eu canto o peito ilustre
                    [Lusitano,
A quem Neptuno e Marte
                    [obedeceram.
Cesse tudo o que a Musa antiga
                    [canta,
Que outro valor mais alto se
                    [alevanta."

Camões

Ficaram se entreolhando, Regi ficou fascinado pelas palavras e ao mesmo tempo triste e pensou "Como um dia poderia entender tanto do que havia naquelas poucas linhas? Quantos mistérios havia entre a mente, quem escreveu e quem leu. Como poderia haver tanta grandeza em tão poucas palavras?"

— Muito grato, senhor Rudolf. Agora já posso ir — Regi

estava nervoso, não sabia o que dizer.

— Regi, posso ver o livro?

— Sim, sim. Tome!

Regi estava agarrado ao livro, parecia uma onça protegendo seu filhote, ele sentiu angústia ao entregá-lo, medo de não o ter mais nas mãos.

Rudolf então falou: — Os Lusíadas, Luís Vaz de Camões.

O casal sorriu e ficou feliz em ter aquele livro nas mãos. Rudolf perguntou:

— O que quer com o livro, Regi?

Regi buscou força e coragem para falar de seus desejos, pensou muito no que falar e disse: — Quero ler o que está escrito!

— Que beleza, Regi — Rudolf falou com aparente alegria. — Você já sabe por onde começar?

— Não, senhor.

— Vamos pensar em uma forma de ler o livro com você. Você quer? — Valina, esposa de Rudolf, falou com seriedade, mas ao mesmo tempo expressou contentamento.

Os olhos de Regi brilharam, nem conseguia falar, só expressava sua alegria com seu sorriso, parecia mesmo uma criança quando tomava banho de mar e ia pescar. Era assim que ele estava se sentindo, uma criança sendo presenteada com uma atividade que admirava ver os outros fazerem e agora tinha a oportunidade de fazer também.

— E como está seu povo? Encontrei seu Baltazar, deu-me tainhas — disse Rudolf.

Enquanto conversavam combinaram que Regi iria alguns dias, no final do dia, para que pudessem fazer a leitura do livro de Camões. Regi colocou seu livro na sua bolsa com muito cuidado, com a intenção de protegê-lo, e pensou. "Agora ele precisa ficar muito seguro. Eu vou aprender a ler!"

Essa era a intenção de Regi, a sua vontade, apesar de ficar bem no seu íntimo, era aprender a ler, era poder ler os nomes nas embarcações, folhear o livro e conseguir ler qualquer palavra, sem nenhuma dificuldade.

Capítulo 4

Sonhador

Regi tinha muitas atividades na vila, organizava os mutirões, as prioridades dos consertos das casas, principalmente as que ele ajudou a construir. Começava o dia cedo, mas sempre deixava tempo para dar vida, alimentar suas aspirações.

Como combinado, Regi voltou à casa de Rudolf e Valina para iniciar a leitura do livro. Quando chegou, o casal estava manejando as plantas ao redor da casa.

— Venha, Regi. Junte-se a nós, estamos terminando — Rudolf chamou.

Regi então foi para perto do casal e perguntou:

— Essa, eu nunca vi! Posso pegar? — rapidamente, arrancou um botão de rosa que estava abrindo e examinou. Cheirou, sentiu um cheiro suave, fez um gesto que ia provar, mas logo parou.

— É uma roseira, uma rosa — Valina apresentou a planta à Regi. — Vamos começar a leitura?

— Vamos! — Regi falou ansioso.

Sentaram-se em troncos de árvore na lateral da casa. Valina iniciou pela primeira página, seguiram fazendo a leitura inicial do livro. Estavam ainda tímidos com a presença um do outro, mas fizeram a leitura, os três, de forma leve e concentrada.

Enquanto Regi estava na casa de Rudolf, algo acontecia na vila.

— Corram! Para lá! — gritou Valente.

— O que está acontecendo? — Virgulino se apressou.

— Um incêndio — disse Pegado.

— A casa de dona Vânia. O fogo está se espalhando, corram! — disse Valente.

As mulheres que estavam perto foram para o lado contrário ao fogo, juntamente com as crianças. Eram muitas pessoas correndo para controlar o fogo, mas quem estava por perto estava cooperando, então logo conseguiram apagar.

— Vamos construir outra casa, dona Vânia! — disse Valente a Vânia.

Vânia, sem expressão, não aparentou preocupação ou tristeza. Apenas acenou com a cabeça e seguiu para a casa de sua irmã Bonifácia.

Regi se aproximava da vila e ao chegar sentiu o cheiro de fumaça.

— Regi? — chamou seu Valente. — De onde você estava não deu para ver a fumaça?

— O que aconteceu? — perguntou Regi preocupado.

— A sua casa, a casa da sua mãe pegou fogo!

Ele correu sem ter tempo de perguntar se estavam todos bem. Sentada em uma pedra, dona Vânia conversava com seu pai.

— Meu pai, mais uma vez vamos ficar sem casa! — disse Vânia.

Regi chegou em silêncio, desconfiado.

— O que aconteceu dessa vez pode acontecer de novo — Vânia continuou.

— É preciso cuidar mais do fogo — disse Manuel, o pai de Vânia.

— Eu fui pegar água e Vilma estava em casa. Não pensei que pudesse acontecer.

— Eu não percebi. Eu não senti o cheiro de queimado. Só comecei a tossir — Vilma falou apressada.

Vânia olhou para ela, já acostumada com a displicência da filha. Sabia que estava dormindo ainda àquela hora.

— Minha mãe, não fique preocupada, faremos outra casa —

disse Regi.

— Mais uma vez, isso aconteceu! Eu não quero mais morar aqui, o vento é forte e isso pode acontecer de novo. Eu não quero mais perder tudo. As minhas coisas eram poucas, mas eu cuidava. Meu lugar de dormir, até isso se foi — Vânia deixa agora o choro escapar, olha com desesperança para o pai.

Era uma casa com poucos móveis, todos feitos por eles, uma mesa de madeira com bancos, um lugar improvisado para colocar as coisas da cozinha, tamboretes era o que mais tinha, um para cada pessoa da casa. Regi entrou na casa, viu que tudo havia queimado, o que era de madeira estragou, mas ainda dava para usar. O coração dele quase saiu pela boca! Por um instante, esqueceu que o livro estava com ele, sentiu uma sensação de alívio. Regi se sentiu egoísta, mas ainda bem que não estava lá, assim o livro poderia ter queimado.

— Minha mãe, fique tranquila! Vamos buscar material para construir outra casa — disse Regi.

— Dessa vez, eu também vou trabalhar — falou Augusto, irmão de Regi, que tinha 14 anos.

— Sim! Vamos amanhã cedo em busca da madeira — Gonçalves, pai de Regi afirmou.

— Onde você estava, Regi? Como pode não ter ajudado a apagar o fogo? Não era para estar no conserto da casa? Esses filhos, na hora que a gente mais precisa, eles não estão!

— Minha mãe, eu estava fazendo algo que há muito tempo queria fazer. Por isso não estava aqui — Regi se justificou.

— O quê? — perguntou a mãe com espanto.

Regi satisfeito, falou: — Depois conto melhor, mas estava lendo... estava ouvindo a leitura do livro que o estrangeiro me deu. Eu vou aprender a ler!

Todos ficaram se olhando, sem entender o que Regi quis dizer com "vou aprender a ler".

— O quê? Aprender a ler? — disse com chateação a mãe de Regi. — Mas era só o que faltava! Você já trabalha. Como vai aprender a ler? Você sempre foi sonhador, Regi. Isso não dá sustento.

Regi, que não esperava a reação da mãe, olhou para ela com raiva, como se o seu sangue subisse e ficasse todo preso na cabeça. O coração disparou com a surpresa. Ele não conseguiu dizer nada, só ficou chateado e saiu confuso, desorientado. Deixou todos e foi à casa de Valente.

Durante o trajeto, sua vontade era de chorar. Por que sua mãe dissera aquilo? Ele não poderia entender. Ele era sonhador? Por que não poderia aprender a ler? Será que deveria nascer e morrer do mesmo jeito? Tudo o que Regi queria era sumir!

Ele desviou o caminho da casa de Valente, não tinha condições de conversar. Viu que seu pai ia atrás dele, também deveria ir à casa de Valente para combinar como seria a construção da casa.

— Meu pai, depois eu volto, vou ali — gritou, sinalizando para o pai que depois voltava.

Seu pai acenou positivamente com a cabeça e gritou: — Vou no seu Valente.

Regi ficou aliviado, o pai era mais tranquilo, apesar de às vezes se irritar por pequeníssimos acontecimentos, mas, se fosse sua mãe, questionaria e ficaria desconfiada. Regi desceu a trilha que ia dar até a praia. Ao chegar, dirigiu-se ao mar correndo. Já era noite, ele deu vários mergulhos, estava confuso, perturbado. Costumava acalmar seu corpo quando entrava na água, mas, ainda muito chateado, sentiu um embrulho no estômago, uma angústia no coração e uma vontade de chorar também.

Era um misto de raiva com impotência, medo de acreditar que sua mãe tinha razão. Ficou ali mais um pouco e saiu. Já estava completamente escuro, não tinha lua naquele dia. Ele seguiu a trilha, muito pensativo, podia sentir seus pés na areia, afundando e a jogando para longe, quando andava rápido e ao mesmo tempo sorrateiro, coração ainda pulsando, revoltado.

Capítulo 5

Uma canoa de voga e um remo

Regi armou sua rede na casa de seu Vicentino, próximo à casa da sua tia. Deitou e foi se acalmando, acabou por adormecer, embebido em seus pensamentos. Do outro lado, uma jovem o olhava constantemente.

— Mayara, venha! — disse Jacira.

— Oi, estou aqui – respondeu Mayara.

— Olhe quem está na rede!

— O que ele está fazendo aí? — perguntou Mayara.

— Não sei, mas não vou perder tempo, vou falar com ele — Jacira falou com tom malicioso.

— Na rede? Ele está dormindo. Não vá, Jacira! — pediu Mayara.

— Quieta, Mayara. Não me diga o que fazer. Irei! — Jacira retrucou.

Mayara entrou pensativa e foi fazer companhia à sua irmã mais velha.

— Luara, Regi está dormindo na casa de seu Vicentino, na rede. Jacira disse que vai lá falar com ele — contou Mayara para a irmã.

— Jacira não sossega. Já não basta o que ela fez com ele? Podia deixar ele sossegado — falou reprovando a irmã.

Jacira armou a rede e deitou-se, fingiu que estava dormindo, até todos dormirem, silenciarem. Com cuidado para ninguém ouvir, saiu pela porta da frente, que ficava apenas encostada à noite e foi em direção à rede de Regi. Ao chegar, olhou com cuidado ao redor da casa de seu Vicentino e olhou de longe a casa dela, não havia ninguém.

Cuidadosamente se aproximou e observou Regi, quis passar a mão nos seus cabelos pretos, crescidos, a barba rala. Ele vestia apenas uma bermuda, como uma calça cortada. Ela aproximou-se mais e sorrindo passou a mão no seu cabelo. Regi assustou-se e acordou. Ela rapidamente disse:

— Sou eu, Regi — Jacira se aproximava cada vez mais da rede.

Ele rapidamente se sentou e disse. — O que foi? O que aconteceu?

Estava escuro, somente podia ver estrelas no céu, ouvir o barulho forte do vento e o som da rede balançando. Jacira rapidamente se sentou na rede.

— Regi, me abraça. — Puxou a mão dele para tocar seu corpo.

— Jacira, eu poderia... — falou com raiva.

Jacira o beijou repentinamente. Regi ficou confuso.

— Perdoa-me, Regi — Jacira disse, entre um beijo e outro.

Regi podia ter cedido, mas muitas imagens vieram à tona. O beijo, o desconhecido, o chapéu. Regi saltou da rede e saiu andando, fugindo daquele momento. Jacira correu atrás dele e o puxou.

— O que está fazendo? Volte!

— Vá embora!

— Eu estou aqui para você!

— É melhor você ir!

— Regi, venha comigo!

— Eu não vou! Acho que você quer que eu acorde alguém da sua casa.

Ela olhou para Regi como se não lhe reconhecesse. Não poderiam vê-la, daria tudo errado. Regi de costas esperou ela ir. Jacira olhando Regi de costas, ainda querendo ficar perto dele, saiu. Enfurecida e sem se conformar, voltou para casa, fez barulho na porta e logo sua irmã foi ao quarto. Jacira ainda transtornada deitou-se na rede sem dizer uma única palavra a irmã.

— Se não for ele, não vai ser ninguém. Tem que ser ele, ele vai ceder — disse baixinho Jacira.

Regi desceu ladeira abaixo em direção à praia, pegou outro caminho, mais denso, com poucas aberturas entre a vegetação. Não queria correr o risco de Jacira ou outra pessoa cruzar o seu caminho, tudo o que queria era ficar sozinho. Chegou à praia, na escuridão, seguiu para uma das canoas que estava na areia, sentou-se, sentia muito frio, desceu e ficou em um lugar mais baixo, mais protegido do vento. Pensou:

"Essa dor começou com essa rejeição, eu não quero mais sentir. Eu não posso mais sofrer, ficar mal com a vida por causa dela. Essa dor que não me deixa, não me larga, esse peito que bate ainda. Quando vai parar com isso? O que tem dentro de mim que se perdeu de mim? O gosto da fruta, a brincadeira, o mistério da floresta, da mata, cadê a graça de tudo? Parece que se fechou numa caverna escura. Que dor é essa que sinto no peito, que dói e não me deixa dormir? Acho que... não posso sentir isso. Essa dor não existe, nunca ouvi ninguém falar. Eu não posso sentir, mas essa dor tem um nome. Parece que é... tristeza."

Regi mais uma vez estava triste, com imenso vazio e vontade de chorar. Dessa vez ele não chorou, procurou esmiuçar, foi duro com si mesmo.

"Eu não vou ficar assim! Vou honrar o que me trouxe até aqui, o grande espírito vai me guiar. Correu até a água e entrou no mar. No seu primeiro mergulho, pediu ao grande oceano orientação para sanar a sua dor, para viver sua vida como vida, com o peito cheio, alegre, como era antes. Regi mergulhou e se deixou levar pelas ondas do mar, boiando na água, ficou ali por alguns minutos e teve uma visão. Quando fez a pergunta, de olhos fechados, teve a visão de uma canoa de voga e um remo, vazios, sozinhos na praia. Ele teve uma sensação esquisita de medo, mas ao mesmo tempo de liberdade. Era como se uma coisa fosse crescendo no seu peito, aumentando o tamanho do peito.

Uma onda mais forte veio e ele abriu os olhos em um susto, nadou e saiu do mar. Impressionado, fixou sua atenção naquela imagem. Regi era deslumbrado com a vida, com a natureza, com as pessoas já tinha sido mais, mas com o grande espírito ele não desanimava, era totalmente entregue a essa comunicação. O grande espírito lhe guiava, e era através das entidades da natureza, do contato de Regi com a natureza, que ele se manifestava.

Voltou para a vila, olhou ao redor para confirmar se estava tudo bem e se deitou na rede.

Estava com a roupa molhada, mas estava relaxado, calmo e muito confiante, cobriu-se completamente, com os olhos cansados, foi adormecendo e ainda entre acordado e dormindo, começou a sentir algo estranho. Regi estava sonhando, mas ao mesmo tempo sabia que ainda estava acordado. Começou a escutar a voz de Jacira, ela estava sorrindo e chamando-o para entrar na cachoeira, ela sorria e ele ouvia a sua risada. De repente, ele começou a ver uma nuvem escura que tentava sugar ele para dentro, a voz de Jacira ficava cada vez mais longe e a força dessa nuvem tentava sugá-lo, ele sentia medo e angústia, uma sensação ruim de impotência, de repulsa. Acordou assustado e ficou em meio àquelas sensações estranhas. Ficou a noite toda acordado, sentado para não dormir e se perguntava por que a voz de Jacira apareceu ali e depois todas aquelas sensações.

O dia amanheceu e Regi foi para a casa da sua tia Bonifácia, ainda muito impressionado com o sonho. Sua tia estava indo pegar água para levar para sua casa e Regi a acompanhou para ajudá-la.

— Minha tia, essa noite aconteceu algo estranho comigo — Contou à sua tia detalhadamente como foi o sonho, inclusive sobre a figura de Jacira.

Sua tia ouviu atentamente — Você está separado do seu espírito, ele está tentando falar.

Regi ficou mais confuso ainda e perguntou: — Como assim?

— Você não deve estar fazendo o que seu espírito quer, Regi.

27

Ele aboticou os olhos para a tia.

— Minha tia, sei que podes ter razão, mas eu acredito que escuto o grande espírito. Quando olho o sol e sua grandeza, o mar e sua força, o movimento das árvores, eu respeito. Tu sabes minha tia, tu mesma me ensinaste a plantar, tu me ensinaste a olhar para a lua e saber a hora de plantar e de colher. Como não estou ouvindo?

— Regi, seus olhos me dizem que você está falando a verdade, mas o que eu estou dizendo é que você não está ouvindo a voz do seu espírito, o seu!

Regi a olhou e a angústia apontou novamente no seu peito.

— Badi! — Gritou Bonifácia. — Regi, corra e chame Badi, ela precisa nos ajudar hoje.

Regi foi em direção à sua outra tia, já sorrindo.

— Badi, tia Bonifácia está chamando — deu um grande sorriso como se abraçasse a tia.

— Regi, como você está? E sua mãe? Fiquei sabendo do que aconteceu ontem! Estou indo para lá.

Regi por um instante havia esquecido do incêndio, com todos os seus acontecimentos pessoais. Rapidamente respondeu: — Ninguém se feriu. Hoje já vamos recomeçar a construção, mas me parece que em outro lugar.

— Como assim? Não querem mais morar aqui? Aconteceu alguma coisa que não estou sabendo?

— Não, Badi. É para ficar em um local mais protegido do vento. Vamos mais para dentro da mata.

— Ah, tudo bem, então! Vamos lá, quero ver todos.

Badi era muito querida por Regi, se dava bem com todos, era divertida. Não falava coisas que pudesse deixar alguém triste, ela achava melhor fingir que nada acontecia. Foram caminhando para a casa de Bonifácia. Regi pegou a água que ficou para ele levar e foram todos juntos.

Luara, a irmã mais velha de Jacira, passava e acenou para Regi, que se aproximou.

— Luara, eu consegui um livro — contou Regi, que já havia manifestado sua vontade para Luara anteriormente, eles tinham idades próximas e Luara também já havia falado que queria aprender a ler um dia.

— Quem lhe deu? — interrogou Luara.

— O viajante. Quando passou por aqui, me deixou um livro. Você ainda quer aprender a ler?

— Sim, quero — Luara falou sem pensar.

— Eu vou aprender! — exclamou Regi.

— Regi, isso faz muito tempo. Nem sei como aprender a ler — repensou Luara. — Como você vai fazer?

Regi por um instante hesitou em dizer a ela sobre o senhor e a senhora Rudolf, pois ela poderia contar para sua irmã. Mas ele não resistiu, pois seria muito bom compartilhar esse momento.

— Eu estou com o livro e o senhor Rudolf vai ler o livro comigo e a mulher dele — contou satisfeito a Luara.

— E por que ele está fazendo isso? — perguntou intrigada.

— Eu pedi ajuda e ele aceitou.

— O que acha? Você acha que consigo aprender também? — Luara perguntou sobre a possibilidade de aprender também.

— Posso levar você comigo.

— Para onde?

— Eu fui à casa dele e irei hoje novamente. Mas tem algo que preciso dizer: ninguém pode saber!

— Por que não podem saber? — perguntou ressabiada.

Regi ponderou em falar, mas tinha que falar, caso contrário, a presença de Jacira poderia deixá-lo desconfortável.

— Você sabe... — Regi falou seriamente.

Luara logo entendeu. — Jacira, não é?

— Sim.

— É, talvez minha irmã poderia deixá-lo... Eu vou pensar em como ir também. — Luara falou rapidamente.

Regi não quis perguntar o que ela ia falar, despediram-se e ele seguiu.

Regi passou o dia trabalhando na busca de material e planejamento da casa de seus pais. No final da tarde, encontrou Luara no local combinado e foram para a casa do senhor Rudolf. Os dois foram pela praia, subiram a estrada que dava para a casa e avistaram o casal sentado. Regi, um pouco acanhado, apesar da sua determinação, teve uma estranha sensação e vontade de fazer o caminho de volta, mas seguiu sem rodeios.

— Senhor e senhora Rudolf, vim para fazermos a leitura — disse ele, meio ensaiado.

— Sim, Regi. Venham! — chamou Valina. — Como ela se chama? — perguntou.

— Luara, ela também mora na vila — disse Regi.

Valina olhou bem nos olhos de Luara, tentando desvendar suas intenções em estar ali. — Você também quer aprender a ler, Luara?

— Sim, também quero — Luara respondeu um pouco desconcertada, pois percebeu como ela a olhou.

Sentaram-se todos e iniciaram a leitura.

— Estamos ainda no canto primeiro — Disse Valina.

Fizeram a leitura de mais 11 estrofes e finalizaram com muitas perguntas por parte dos dois estudantes. Luara, muito curiosa, não se conteve apenas ao interesse de estudo.

— Como deve ser bom saber tantas coisas! — falou Luara, entusiasmada.

— Não sabemos tanto, querida — respondeu Valina.

— Quais livros vocês têm? — perguntou curiosa ao casal.

— Nenhum, não temos nenhum livro, apenas algumas folhas com escritos que guardamos — disse Valina, que receosa completou: — Não temos mais, os perdemos.

— Perderam? Na viagem para cá? — Luara perguntou, querendo saber tudo.

— Também! É uma longa história — falou Rudolf, adiando o assunto.

— Podem nos contar outro dia? — perguntou Luara,

ingenuamente — O único livro que temos foi um que um padre deixou, em uma visita aqui na vila.

Regi apressou-se, pois percebeu que Luara estava prolongando a conversa. — Vamos? Já aprendemos muito hoje.

Despediram-se e desceram a estradinha que dava à praia, foram conversando e imaginando o que poderia ter acontecido com os livros do senhor Rudolf e da senhora Valina. Chegando próximos à comunidade, os dois se separaram e foram por lugares diferentes para não serem vistos.

Na casa de Rudolf, eles conversavam sobre as perguntas que foram feitas a eles.

— Até quando vamos conseguir esconder o que aconteceu conosco, Rudolf? — comentou Valina.

— Valina, talvez, em algum momento, nós precisemos sair daqui — disse Rudolf com ar de desânimo.

— Mas se sairmos daqui para onde iremos? Para chegar foi muito difícil, achar esse lugar... Já até nos habituamos! — Valina falou com tristeza.

— Sim, eu sei. Mas não sabemos o dia de amanhã. Eles falaram no padre, pelo que entendi o padre tem contato direto com eles — disse Rudolf com ar de preocupação.

— E Alécia? Não podemos nos perder dela — Valina falou chorando.

— Valina, não vai acontecer nada com a nossa filha. Vamos ter calma e pensar em algo, caso a situação venha a tomar outro rumo.

Capítulo 6

Taipa de pilão

O dia amanheceu, era dia de muito trabalho e de festa, a casa dos pais de Regi seria construída. Aos poucos foram chegando os amigos, crianças e todos trabalhariam juntos na construção de mais uma moradia. Regi e alguns companheiros começavam a pisar o barro, seu irmão adicionava água, Regi estava envolto em seus pensamentos.

"Toda vez que estou construindo uma casa, sinto esse frio aqui dentro. Parece que é a última, que estranha essa sensação! Ah, mas para de ficar pensando no que está sentindo, prensa logo essa terra com essa água, dá logo essa liga e levanta essa casa de taipa de pilão. Vou apressar, porque o que quero mesmo é ir para a casa do senhor Rudolf. Tudo o que eu quero é passar o olho no papel e ler rápido todas as palavras. Quando aquelas letras olharem para mim e eu olhar para elas, não nos largaremos mais. O mundo será meeeeeu! Vou ganhar o mundo. Mas é claro que eu não tenho coragem de sair daqui. Aqui fui gerado, não posso deixar esse lugar, essas pessoas, essa alegria que vivemos aqui, dia após dia. E sair daqui também pode ser muito perigoso. Não! Eu não tenho coragem. Mas quando penso que existe tanto no mundo, e eu poderia estudar. Eu poderia estudar! Como será que é estudar? E conhecer pessoas que estudam, que leem, que sabem fazer mapas, mapas de casas. Eu poderia fazer mapas de casas, poderia também melhorar esse tipo de casa. Como posso pensar tanta besteira?! Meu lugar é aqui, vou morrer aqui. Meu povo, minha terra, minha vida. Mas tudo o que eu queria era conhecer o mundo."

— Regi? Vamos colocar parte da terra nas ripas. Veja como está ficando... Uma morada feita a muitas mãos. É mais rápido, não é? E depois vai ter a festa, bem melhor assim — Valente falou sorrindo.

Regi, ainda perdido em seus pensamentos, preocupado por ter que sair no horário em que terminassem a casa e no início do festejo, disse sorrindo também: — A festa é a melhor parte!

Regi saiu apressado e encontrou-se com Luara, foram para a casa do senhor Rudolf onde tiveram mais um encontro agradável.

Vendo as rosas que Valina cultivava, Luara disse: — Valina, como são bonitas!

— São encantadoras, querida — respondeu Valina. — Venham aqui, quero fazer uma proposta a vocês. Vamos entrar, quero mostrar-lhes o que faço.

Curiosos, entraram na casa, Rudolf os conduziu e Valina abriu a porta de um quarto bem pequeno, em que havia muitos potinhos de barro e vidro, alguns com líquidos dentro.

— Vejam, eu faço algo muito especial com as rosas. Eu as transformo em medicamentos e em perfume — Valina falou com contentamento e orgulho do que fazia.

Abriu um frasco e Luara se pôs na frente de Regi para ver primeiro. Valina colocou um pouco do perfume no pulso de cada um.

— Hum! Esse cheiro me lembra as abelhas, elas devem gostar muito dessa flor — disse Luara, enebriada com o cheiro do perfume e encantada com o vidro em que ele estava.

— Ah! Gostam sim — Os três sorriram com a animação de Luara.

— Eu tenho uma proposta para vocês dois. — Valina falou. — Eu gostaria de perguntar se poderiam cultivar rosas para mim, para eu poder fazer os meus preparos e em troca posso ensinar a vocês.

Os olhos de Regi brilharam e os de Luara saltaram de alegria, olharam-se já confirmando a aceitação da proposta. Valina sorriu.

— As rosas teriam que ser cultivadas na terra que vocês moram, aqui é muito perto da praia e a rosa fica melhor em terra com menos areia — explicou Rudolf.

— E como faremos para plantar? — perguntou Regi.

— Vamos explicar tudo. Organizaremos o material e na próxima vez que vierem, eu ensino — Valina falou.

Quando voltaram, animados com os novos acontecimentos, combinaram que fariam a plantação próximo à casa da mãe de Regi, já que era mais distante da praia e da casa de Luara.

Ao chegar em casa, Jacira questionou.

— Vi você com Regi. Onde vocês estavam? — perguntou Jacira sem rodeios.

— Só encontrei com ele no caminho — sem esperar a pergunta, Luara respondeu atropelada.

— Não foi. Eu já tinha visto outro dia. É melhor você contar — Jacira insistiu.

Luara, intimidada pela irmã, contou de onde vinha.

— Eu também quero ir lá — falou Jacira.

— Eu não sei. Preciso saber se você pode ir, vou falar com Regi.

— Se você pode ir, eu também posso — Jacira não duvidou.

— Falarei com ele, mas não sei se dará certo.

No outro dia pela manhã, Luara foi ao encontro de Regi e explicou sobre Jacira. Regi ficou de ir à casa de Rudolf para marcarem um horário diferente do de costume para Valina ensinar sobre as rosas, dessa forma, Jacira não desconfiaria. Assim ele fez, resolveram ir pela manhã, durante três dias, era o suficiente.

Chovia forte pela manhã, Regi e Luara chegaram cedo à casa de Valina e Rudolf, estavam felizes e com ar de aventureiros. O casal preparou um café da manhã, a mesa estava bonita, enfeitada com rosas, e eles comeram pão feito por Valina e frutas colhidas próximas onde moravam.

— Quando vier a próxima vez, vou trazer farinha de mandioca — disse Regi.

— Obrigada, Regi. Nós gostamos de mandioca. Você bem que podia nos ensinar a plantar, hein, Regi? — disse Rudolf.

— Sim, ensino. Já posso trazer quando vier a próxima vez — disse Regi, satisfeito.

— O senhor Virgulino me deu uma ajuda com a pesca quando chegamos aqui. Venho de um lugar com rio e lá também pescávamos, mas a pesca no mar é muito diferente. Então, ele me orientou na pesca e me vendeu a rede para pescar.

— Vendeu? — Regi e Luara perguntaram ao mesmo tempo.

— Sim, vendeu. — respondeu Rudolf.

— Vamos pescar no rio também, pode vir conosco quando quiser, senhor Rudolf.

Rudolf olhou para Valina e respondeu: — Sim, Regi, iremos um dia.

A chuva cessara e logo foram para uma cobertura feita com palha, próximo ao local onde as rosas estavam plantadas. Valina disse:

— Eu tenho sementes de rosas, guardo em tecidos junto com a terra, desde que viemos para o Brasil, plantei algumas e vou plantar as que restaram. As roseiras gostam de sol, mas não gostam de serem regadas todos os dias, mas gostam que conversem com elas todos os dias. — Todos sorriram, em um clima amoroso — Valina continuou. — Vamos pegar essa roseira que já cresceu e cortar seus galhos, retiramos as folhas e deixamos algumas na parte de cima. A parte de baixo colocamos na terra e nos primeiros dias precisamos regar, depois que elas criarem raízes não é mais necessário.

Juntos fizeram a retirada dos galhos para Regi e Luara levarem as mudinhas de roseira para a vila. Ao chegarem à vila foram ao local de plantio e enterraram os galhos, distribuídos, como Valina ensinou e combinaram de revezar na aguada até que as mudas se sentissem seguras naquela nova terra.

No outro dia, pela manhã, retornaram à casa do casal, Regi levou as manivas-sementes, as hastes de mandioca para serem plantadas por Rudolf. Luara levou uma cumbuca de cerâmica que havia feito de presente para os dois. Valina explicou para eles como ela extraia o óleo essencial das rosas e como usava para medicamentos, bem como para o perfume.

Luara e Regi falaram também de várias plantas que eram utilizadas pelo seu povo para a cura de algumas enfermidades.

— Nós usamos o caju para ferimentos, erva-de-são-joão — Luara falou.

— Maria-preta, putiabeira — Regi completou.

— É! Para catarro no peito tem cambará-roxo, alfavaca para tosse — Luara disse o nome de outras.

— De onde vem tanta sabedoria? — perguntou Valina encantada.

— Nós aqui sabemos muito desses mistérios da natureza, não é, Regi? Nosso povo descobriu muito das plantas, toda planta tem um nome e se sabe para que serve — disse Luara.

— Os mistérios, eles nos movem — Valina falou com ar de sonhadora.

— Cada um sabe um pouco aqui, Luara sabe sobre as ervas para as mulheres.

— É mesmo Luara? — Valina perguntou.

— Minha mãe que conhece.

Valina mostrou-se curiosa. — E vocês sabem identificar?

— Sim, muitas. Para mulher tem jequitibá, erva-madre, aroeira — Luara falou.

— Quantas ervas! — Valina admirou-se. — Depois quero conhecer algumas.

— *Ce piá irumo* — Luara respondeu amorosamente, usando o idioma nheêgatú.

Valina olhou sem entender o que ela falou. Regi logo respondeu.

— Com o coração, de boa vontade!

Valina se emocionou e falou carinhosamente para Luara: — Ficarei imensamente feliz, Luara! Amanhã terá lua cheia, vamos comemorar os novos acontecimentos? — Valina os convidou.

Luara e Regi voltaram para a vila e combinaram de se encontrar no outro dia à noite. Era lua cheia e queriam comemorar os novos feitos. Valina preparou o ambiente, estava feliz. Rudolf também estava animado para a reunião.

Luara chegou com Regi e Valina e Rudolf os receberam com alegria, fizeram uma fogueira, iam assar peixe e comer frutas. Luara e Regi ficaram surpresos ao ver a recepção, sentaram-se ao redor da fogueira e conversaram animados.

— Valina quem foi seu mestre? Como aprendeu a fazer perfumes e remédios com as plantas? — perguntou Luara.

Valina respondeu com saudosismo: — Tive alguns mestres e mestras, mas nós estudamos a partir dos ensinamentos de Paracelso.

— Paracelso? Onde ele está? — perguntou Luara.

— Ele já não está mais entre nós. Ele nasceu na Suíça, onde nós também nascemos — explicou Valina.

Rudolf olhou para Valina e ela fez um gesto com a cabeça para continuar contando a história. Rudolf assentiu carinhosamente.

— Onde fica o lugar de onde vieram? — perguntou Regi, curioso.

— Fica na Europa. Um lugar diferente de onde estamos, mas com muitas belezas naturais também — disse Valina.

— Aqui temos o que há de mais bonito, todas as plantas, palmeiras e animais, todo esse mar e suas águas, os peixes e todo o alimento que tiramos da terra, não sei se existem belezas como essas — falou Regi.

— Sim, Regi, aqui existe uma abundância infinita, o ano inteiro podem produzir alimentos, podemos nos banhar a qualquer momento e colher frutas quando quisermos — Valina continuou. — Na Suíça temos estações bem definidas, tem o inverno em que as temperaturas ficam muito baixas e chega a nevar.

— Nevar? — perguntou Luara.

— Sim, neva. Temos neve quando a temperatura fica muito baixa, fica tão frio que a água vira gelo — respondeu Valina.

— E como o rio corre, como fazem para pescar? — perguntou Luara curiosa.

— Ficam congelados — sorriram todos.

Luara disse: — Aqui não temos neve, mas o orvalho cedinho nas plantas é o que nos deixar sentir frio e alegria pela manhã. Nós bebemos o orvalho — Luara levantou, abriu os braços e a boca e disse — Assim, ó! — mostrando como bebia o orvalho.

Todos riram e Valina fez uma proposta: — Hoje, dia 21 de junho, é o dia que na nossa terra comemoramos a entrada do verão, o solstício de verão, acompanhados de longos dias de calor e muita luz. É quando os frutos amadurecem e a energia está em sua plenitude e nesse dia se celebra a proximidade com o reino elemental com jogos ao redor do círculo sagrado. Vamos dançar! — Valina disse, levantando e puxando a mão de Luara.

As duas começaram a dançar ao redor da fogueira, Regi e Rudolf batiam palmas e Valina e Rudolf cantavam uma canção em seu idioma, um dialeto francês falado no cantão suíço de Berna, *franc comtois*, de onde eles vieram. Logo que se sentaram, tiveram uma surpresa, Jacira chegou.

— Jacira! — exclamou Luara.

— Sim, vim procurar vocês — disse Jacira.

Regi não acreditou, ficou pasmo e quieto.

— Como você chegou até aqui? — perguntou Luara.

— Vim acompanhando vocês, pelas pegadas — respondeu Jacira.

Rudolf e Valina se olharam curiosos.

— Valina, essa é minha irmã, Jacira — falou Luara.

— Venha, sente-se conosco — convidou Valina.

Jacira se sentou e perguntou a Regi. — O que estavam fazendo?

Luara respondeu rapidamente: — Já estávamos indo embora.

O casal percebeu o incômodo de Regi e Luara. Decidiram ir embora, antes de comer o peixe que estava sendo preparado. O retorno foi em completo silêncio. Em casa, Jacira interrogou a irmã.

— Por que vocês vieram embora quando eu cheguei? — perguntou Jacira.

— Por que você foi para lá? — retrucou Luara.

— Nós não precisamos ser chamados para ir a um lugar aqui, Luara. Somos sempre bem-vindos — disse a irmã, magoada.

Luara não respondeu. Foi deitar se sentindo mal com o que a irmã falou. Sentiu que ela queria fazer parte, mas não tinha como fazer Regi aceitá-la.

Capítulo 7

Festa do Divino Espírito Santo

Bem cedo Luara foi ao encontro de Regi, que estava preparando a canoa para ir a Paraty pegar sal, querosene, tecidos encomendados por algumas mulheres e pinga. Os viajantes passariam dois dias fora para resolverem o que precisassem com calma. Estavam todos se preparando para a festa do Divino Espírito Santo que aconteceria dali a alguns dias. Eram sete homens com Regi na canoa de voga, canoa feita de um tronco só, tronco escavado, que era preciso seis homens para poder remá-la.

— Luara, não vai dar certo e não sei se dona Valina vai querer — disse Regi.

— Eu posso falar com ela — insistiu Luara.

Regi ficou angustiado com a ideia de Luara, sabia que não ia dar certo, mas disse que tudo bem, que ela podia ir falar com ela.

Luara agradeceu a Regi e saiu correndo apressada enquanto Regi se posicionava na canoa para seguir viagem. Luara foi correndo falar com Valina e chegou lá ofegante.

— Olá, Luara. Venha querida — chamou Valina, que estava cuidando da terra com Rudolf.

— Olá! — disse Rudolf.

— Vim fazer um pedido — falou sorrindo. — A minha irmã, ela também quer fazer parte do nosso estudo e eu vim perguntar se ela pode vir também — Luara perguntou entusiasmada.

Pegos de surpresa, os dois se olharam um pouco aflitos.

Gaguejou Valina: — Claro, Luara, sua irmã é bem-vinda!

— Sim, Luara, vocês são bem-vindas — Rudolf também falou.

— Fico feliz. *Piauasú*! Vou contar para ela. — Luara falou.

Rudolf e Valina não entenderam a palavra, levantaram as sobrancelhas para Luara.

— Vocês têm o coração grande, generoso! — Já se despediu, retornando a vila.

— Será que estamos fazendo certo? — falou Valina para Rudolf.

— Vamos confiar. Estamos fazendo algo bom — disse Rudolf.

— Estamos tão isolados. Vai dar certo! — Valina falou confiante.

Regi voltou e estava ansioso para continuar com os encontros, foi então que se lembrou de Jacira, logo sentiu uma angústia no peito. No horário de sempre foi para a casa de Rudolf, sozinho, pois sabia que Luara iria com Jacira. Ao chegar na casa de Rudolf, assustou-se pois havia várias pessoas reunidas, Luara, Jacira, Mayara e Graça.

— Olá, Regi, você voltou? — disse Valina. — Íamos começar agora.

Valina ensinava na areia, letras e palavras para os seus ouvintes. Enquanto isso, Rudolf trabalhava na terra. Ao final da explicação, Regi foi conversar com Rudolf.

— Veja, trouxe sementes. Milho, feijão e abóbora — disse Regi para Rudolf.

— Milho, feijão e abóbora, Regi? — Rudolf falou sorrindo, geralmente apresentava-se sério, com certo ar de tristeza. — Muito obrigado!

— Planta o feijão e o milho e depois de uma lua a abóbora. — explicou Regi.

— Onde aprendeu a plantar assim, Regi? Vocês devem fazer muitos experimentos — Rudolf falou admirado.

— O que sabemos dos nossos cultivos vem dos indígenas. A maioria do nosso povo ainda vive com seus costumes. O fogo de Luara, Mayara e Jacira são dos Tupinambás, continuaram aqui enquanto seu povo saiu de perto do mar — disse Regi.

— E onde eles ficavam? Por que saíram daqui? — perguntou Rudolf.

— Você não sabe?

— Não, não sei, Regi — disse Rudolf.

Os dois se sentaram em um tronco de árvore caído no chão e Regi disse: — Os Tupinambás viviam aqui, existia um guerreiro nessas terras, antes aqui tinha outro nome, Yperoig, e nesse tempo o Cunhambebe viveu aqui. Ele fazia parte dos Tupinambás, era filho dos Tupinambás e o seu pai também se chamava Cunhambebe, que foi o maior guerreiro de toda a costa. Os antigos contam que os perós fizeram seu povo prisioneiro para trabalhar para eles, foram bem recebidos quando chegaram aqui, mas depois viraram inimigos e muitos indígenas foram mortos, alguns conseguiram fugir e foram para o sertão, e os que adentraram na mata, na Serra do Mar, conseguiram sobreviver e hoje vivem por aqui. Por isso temos os seus costumes. Essa clareira aqui — mostrou a clareira que orientou Rudolf a fazer. — Também vieram deles.

— Quanto tempo faz que isso aconteceu, Regi? Esses povos ainda vivem aqui? Digo, os que ficaram aqui, ainda estão nessas terras? — Rudolf perguntou.

— Alguns, espalhados. Eu não sei quanto tempo faz, mas faz muitos anos. Estamos todos misturados, hoje estamos vivendo aqui com tranquilidade e com fartura, porque a terra e o mar tudo nos dá, nada nos falta. Desde que eu me lembro, na nossa vila, vivemos em harmonia, mas sei que não é assim em todos os lugares e sei que não foi sempre assim. Teve muita luta, muito sangue. Hoje os senhores querem impedir o povo de tomar até a sua pinga, de brincar nas festas, mas nós não paramos, nós continuamos festejando — explicou Regi.

— É, os senhores gostam de impor suas regras. Eles não

entendem que cada povo tem sua forma de existir — concordou Rudolf.

Regi continuou com um tom de revolta:

— Os indígenas criaram alianças porque achavam que iria ser bom para eles, eles trocavam seus pertences pelos dos perós. Suas armas eram feitas de madeira e pedra, não existia nada além disso. Os perós escravizaram os Tupinambás, eles sofreram violência física, além disso queriam que eles usassem suas roupas, obedecessem ao padre e ainda tinham que trabalhar na roça para eles e lutar para eles.

As mulheres juntaram-se a eles.

— Nosso avô nos conta essa história. Ele fala que o guerreiro Cunhambebe morreu da peste trazida pelos perós e que depois os perós conseguiram aprisionar o novo chefe, o Aimberé, mas ele conseguiu fugir e salvou também sua noiva que ia ser chicoteada em uma terra mais distante. — disse Luara.

Jacira continuou:

— O filho de Cunhambebe, que tinha o mesmo nome do pai, reuniu chefes de todas as tribos. Nesse tempo, os Tamoios, os Tupinambás, se juntaram aos franceses, que ficavam ao norte. Os portugueses, em que os tupinambás não confiavam, ficavam ao sul, a partir da Vila de São Vicente.

— Sim — disse Regi. — Do Vale do Paraíba até o litoral, de Cabo Frio à Barra de Bertioga, todas as aldeias se uniram, juntando-se aos franceses contra os portugueses.

— Mas eles perderam a batalha, não tinham armas como as dos outros — Luara falou. — Nosso povo sempre demonstrou que queria paz para garantir nosso modo de vida, nossa liberdade e nossa terra.

Mayara interagiu: — Os Tamoios queriam paz com os brancos, eles ofereciam as índias para se casarem, mas só se elas quisessem. E mesmo assim eles dominaram nosso povo para trabalhar para eles — finalizou com tristeza.

— Mayara, mas tinha Tamoios que se juntavam aos

portugueses também e passaram para o lado deles. A pior prisão é a da mente. Veja, se juntar com quem maltratou os seus?!

Valina perguntou curiosa: — E como terminou a história?

Regi respondeu: — Os Tamoios tinham momentos de disputa de território com outras aldeias, eles guerreavam entre si, depois mesmo os que brigavam entre si, se uniram para lutar contra os perós, mas depois dizem que veio a paz, por meio dos padres que não queriam que os escravizassem, mas contam que essa paz nunca existiu. De todo modo, as aldeias foram devastadas, arrasadas.

— Ainda tem padres por aqui? — perguntou Valina receosa.

— Eles não vêm mais aqui, desde esse tempo, difícil aparecerem — disse Regi.

— Antes de virmos para cá, fomos ajudados pelo povo de uma aldeia indígena — disse Rudolf.

— Onde? Qual? — indagou Regi.

— Foi próximo ao Vale do Paraíba. Na aldeia em que pedimos ajuda, eles não chegaram perto de nós, mas também não nos atacaram, estávamos muito debilitados, cansados, famintos, nos deram comida e alguns presentes também, eram altos, fortes — disse Rudolf.

— Sim, eles perceberam que estavam precisando — Regi continuou.

— Ainda guardamos os presentes como talismãs — Rudolf acrescentou.

— Você sabe quem eram?

— Não conseguimos nos comunicar com eles, não quiseram. Deixavam as comidas próximo a uma árvore, faziam sinal e depois saíam, aí então íamos lá, pegávamos a comida e o que eles deixavam, comíamos e acenávamos para eles. Tentamos chegar mais perto no primeiro dia, mas fizeram gestos que não e respeitamos.

Graça perguntou a Luara: — Luara, como se fala vagalume?
Luara disse: — *Oán*!

— *Oán*! — Mayara sorriu com a presença dos vagalumes.

— Que lindos! — disse Valina.

Ficaram brincando e aproveitando a presença dos vagalumes ali, pegaram alguns, se divertiram. Logo depois voltaram para a vila e Rudolf e Valina continuaram conversando.

Capítulo 8

Pelourinho

No outro dia, Luara, Jacira e Mayara foram à casa de Valina.

— Valina! — chamou Luara.

— Olá, meninas! — acenou Valina, saindo da casa sorrindo.

— Valina, viemos chamá-los para fazer parte da Festa do Divino Espírito Santo, na vila. Será um grande festejo — falou Jacira, animada.

— Festa do divino? Aqui vocês fazem também? — perguntou Valina.

— Sim, é a maior festa da vila, vêm pessoas de toda a redondeza — Jacira respondeu.

— Todos querem conhecê-la, pois está nos ensinando — Luara falou alegre.

Valina ficou um pouco sem graça e disse: — Querida, vou chamar Rudolf e iremos.

As irmãs ficaram animadas e pegaram a estradinha que dava na praia cantando e dançando em clima de festa. Quando Rudolf chegou, Valina contou para ele sobre o convite feito pelas três irmãs.

Rudolf ficou feliz com o convite, mas ao mesmo tempo preocupado. Valina disse. — Rudolf você acha seguro nós irmos? Eu acho que seremos bem-vindos, elas falaram que estavam felizes por eu estar ensinando a todos.

— Realmente, Valina, seremos bem-vindos, mas ao mesmo tempo não é seguro — disse Rudolf. — Eu acho que não devemos ir — falou com desgosto.

Valina senta-se e chora, Rudolf fica próximo a ela, passa o braço por seu ombro e a abraça.

Valina fala: — Coisas tão simples não podemos fazer! Estamos prisioneiros, mesmo as pessoas não sabendo dos nossos crimes.

As lágrimas escorrem como um rio no rosto de Valina.

— Está difícil, eu sei — Rudolf se emociona ao ver Valina chorar. — Eu acho melhor ficarmos aqui.

— É verdade, é melhor! — concorda Valina, chorando. — Parece que a dor aumenta agora, porque temos novas pessoas, novos amigos. Espero, pelo menos, que nossa filha esteja bem. É o que peço — Valina fala olhando para o céu. — Precisamos ter notícias dela.

— Sim, precisamos. Já faz tempo que ela também não sabe de nós — Rudolf falou amargurado — Ela deve pensar que estamos muito bem — concluiu.

Fazia quatro luas que os moradores da vila organizavam a festa do Divino Espírito Santo, os preparativos estavam sendo finalizados, eram sete dias de festa e a festa que Regi mais gostava. Todas as pessoas da vila, de perto e de longe iam para lá, quem tinha devoção participava todos os dias e outros estavam mais interessados em festejar.

Regi participava da festa todos os dias, se não fosse achava que estava fazendo algo de errado. Então, era fiel ao Divino Espírito Santo, trabalhava muito, sentia que era um chamado do divino e fazia por ele. Naqueles dias não iria estudar, mas era por uma boa causa. Todos ajudavam a fazer a festa, ele se ofereceu para ajudar, se o festeiro ignorasse a ajuda de qualquer pessoa ele estaria impedindo o devoto de estabelecer a relação com o Divino, de acordo com aquela época.

— Regi, vamos finalizar a cobertura da palhoça — falou Nonato.

— Seu Virgulino está fazendo uma boa festa — disse Regi, enquanto organizava a palha para a cobertura da palhoça junto com José e Pedro, seus companheiros de trabalho.

— Ele está fazendo o que todos nós faríamos, Regi. O festeiro tem que honrar o chamado do divino — Pedro falou erguendo a mão para o céu com seriedade.

— E como vai ser com a ordem do homem? — perguntou José.

— O governador da Capitania, Rodrigo César Menezes, mandou o comunicado pelo seu bando proibindo jogos de cartas, também quis proibir a dança, fez esse comunicado faz mais de 10 anos. Mas na Festa do Divino? Não sei, não — completou Nonato. — Eu vou tomar a minha pinga até a hora que eu quiser — disse com certa irritação e teimosia.

Todos sorriram e José falou: — Eu vou ficar atrás do senhor — brincou que se escondia atrás de Nonato. — E vou tomar a minha também.

Nonato continuou:

— Na Páscoa, quando o mastro da bandeira do Divino foi fincado e a pomba apontou para o lado da casa de Virgulino, ele já anunciou "Vamos festar até o sol raiar". E assim será! E tomamos muita pinga naquele dia, por que agora seria diferente?!

Continuaram conversando, divertindo-se e trabalhando com dúvida entre seguir as regras impostas e a tradição da festa.

— Eu também vou tomar minha pinga! — disse José, decidido.

José era agregado e fazia parte do fogo de Regi, fora escravizado e quando seus donos, que estavam em busca de ouro na cidade de Paraty, foram embora, foi libertado e acabou indo morar na vila. Seus pais morreram trabalhando para seus donos e sua irmã foi embora de Paraty para buscar outra forma de vida. Na vila, José trabalhava na roça e fazia todas as atividades que os homens faziam e levava uma vida digna, apesar de não ganhar nada pelo seu trabalho, tinha moradia e alimentação, no entanto possuía muitas cicatrizes do passado.

As mulheres foram chegando com a comida! Na vila, cada fogo levava uma contribuição para o festejo, o festeiro era responsável pela organização e todos os que participavam da festa comiam e bebiam, independentemente de onde viessem e com o que contribuíssem.

Luara e suas irmãs chegavam com peixes e caça para colocar no moquém. José logo se aproximou e se ofereceu para ajudar.

— Luara, já estou sentindo o cheiro de pimenta — fez um gesto como quem sente o cheiro de longe.

Luara sorriu e foi organizando o moquém, uma espécie de grelha feita com tronco de bananeira e galhos de árvores verdes entrelaçados e colocada sobre uma fogueira. Foram trazendo a farinha, o mingau de milho, as frutas coletadas na floresta, a mandioca cozida, cada um com sua contribuição.

A procissão iria começar, os participantes da festa juntaram-se e iniciaram a caminhada em direção à casa do festeiro, entre rezo e dança a festa tomava corpo. Virgulino, o festeiro, levava a maior bandeira, logo atrás os devotos, cada qual com uma bandeira do divino.

Regi e José faziam parte da folia do Divino, percorriam a vila angariando fundos e propagando a fé no Divino Espírito Santo, com muita cantoria iam de casa em casa, cantando versos de bom agouros.

Regi acompanhava a procissão, gostava de ir na frente. Entre um movimento de dança e de oração, Regi olhou para a bandeira do Divino Espírito Santo e por um momento refletiu e logo leu "DI-VI-NO". Ele não se conteve, a alegria tomou conta do corpo, da mente. Regi estava feliz, dançava e sorria, extrapolando sua felicidade pela conquista da leitura da primeira palavra.

— Veja, José, a palavra "divino"! Você sabe o que significa isso? Minha leitura será abençoada pela primeira palavra. Você sabe, acredita nessas coisas!

— A única coisa que acredito mesmo é quando eu estou

assim, meu caro Regi. Barriga cheia e pinga no corpo. Isso me dá felicidade, essa é a minha! — os dois gargalharam.

A festa seguiu com animação! A procissão passava pela casa dos devotos e era plantada uma bandeira do divino em cada morada, simbolizando o plantio de uma semente para gerar fartura e bênçãos, nesse momento havia comemoração, palmas e muita dança.

A festa durou até a alvorada, foi quando Regi e José voltaram para casa. Ao chegar em casa cada um se deitou em uma rede e continuaram a conversar.

— É, José, logo estarei lendo e vou poder te ensinar.

— Quero não, Regi. Já te disse, minha vida é essa. E ainda quero me casar.

— Mas olhe, pense em você, se souber ler, vai ter mais oportunidades. Pode sair daqui e fazer sua vida.

— Sinto muito, Regi. Eu não quero sair daqui, de tudo que lembro da vida, aqui tenho como meu lugar. Chicote e vara nunca mais quero escutar, nem em mim e em mais ninguém.

— Já passastes por muito na vida, meu irmão.

— O pelourinho, Regi, o pelourinho é minha pior lembrança. Chego a ouvir aqui bem perto de mim os gritos dos meus. Eu não tenho mais coragem de sair daqui, Regi. Eu só quero ser livre.

— Você já está, irmão.

— Você viu que vieram rondando aqui para plantar cana. Me mandaram embora, me deram liberdade, mas eu não sei o que pode acontecer.

— Você está conosco agora. Não vai acontecer nada.

— O que mais gosto, Regi, é que pra você tudo vai dar certo, tudo está bom. Você está bem, Regi, mas o mundo não é assim não. Olhe para mim, veja, eu sou igual a você, irmão, eu poderia viver sem medo e sem dores, mas dentro de mim vive um monstro, e ele quer me pegar, não durmo direito, não fico um momento sem descuidar. Por dentro me sinto cansado, por fora, desconfiado.

— Eu não posso imaginar sua dor, irmão, mas posso te dizer, olha pra frente. Tudo pode melhorar.

— Tudo pode melhorar! Regi, escravo não tem lei, escravo não ter dor, escravo não tem amor, nada, nada.

Regi ficava angustiado com o sofrimento de José, apesar de estar livre sua mente o prendia ao passado, por tanto sofrimento que já havia passado. — O que posso fazer para te ajudar, irmão?

— Não sei, Regi.

— Você não teria como encontrar sua irmã?

— Nesse mundo tão grande... Sinto pois não vou mais vê-la. Só um milagre. Seria bom ter uma família — José falava já com voz embargada, então cessa a conversa.

Os dois adormecem. Pouco tempo depois, José acorda em um sobressalto.

— Regi, você viu? — falou José aos gritos, ofegante.

— O que foi? — Regi pulou da rede assustado.

— Minha irmã, ela estava aqui. Estava com um menino e um bebê na barriga, estava olhando para mim, ela chorava — José falou em desespero.

— Acalme-se, meu irmão, foi um sonho.

José entristeceu o semblante e ficou desolado na rede. Regi naquela noite não dormiu mais. Ele chorou ao ver a situação do amigo.

"O que posso eu fazer para diminuir a tristeza desse homem, usado, abandonado, sangrado, roubado. Assassinaram sua alma, dilaceraram seu corpo. Como um ser tão ilustre, tão carinhoso, pode passar por tantas desilusões? Como um ser nasce e vive sua vida na amargura? Ver seus pais, seu sangue ser tão massacrado. A dor que ele sente não deve cessar facilmente. Como esquecer tantos infortúnios? Como lavar a alma com tantos ferimentos abertos? A maldade não tem fim. Eu sinto todo o sentimento de desprezo por quem fez isso com ele e com sua família e com todas as outras pessoas. O que faz com que façam tantas maldades? Alma não tem cor, não é possível que as pessoas que se dizem tementes a Deus possam fazer isso. Não é possível, tem alguma coisa errada nessa história. Não sei nem o que dizer para ele. É tudo tão triste, apesar de que é um fato. E quando isso vai mudar? Quando isso vai parar de acontecer? Essa discriminação com um ser que é parte de nós como qualquer outro. Eu sei que eu tenho pessoas que não gosto, e não gosto mesmo, às vezes sem motivo, mas maldade?! A ponto de levar alguém ao sofrimento extremo. Não venham para cá, não cheguem perto de nós!"

Regi adormeceu angustiado e focado em seus pensamentos.

A Festa do Divino Espírito Santo seguiu por sete dias, com muita comemoração, entre o sagrado e o profano, fortalecendo a crença das pessoas da vila e aumentando a vitalidade por meio da diversão.

Capítulo 9

Crenças, festas e devoções

Regi estava cansado, trabalhou, divertiu-se, orou, fez de tudo um pouco. Estavam animados na vila, Luara e Regi combinaram de ver como estavam as rosas. O dia estava agradável, fresco e ainda com a animação por causa da Festa do Divino.

— Valina não veio para a Festa do Divino.

— Acho que eles estavam ocupados, Luara.

— Ela havia confirmado que viria.

— Hoje falaremos com ela, talvez ela diga o que houve.

— Luara, temos muito a agradecer aqui, não é? Toda essa grandeza que temos, um dia após o outro, as árvores dão frutos, as flores embelezam nossos dias, os pássaros cantam para nós. O que mais queremos, hein?

— Eu também me sinto feliz aqui. Mesmo sendo só nós do nosso povo, eu me sinto abraçada por essa terra, que tudo nos dá e nada nos pede.

— E o mar, esse nos orienta com suas ondas, sua grandeza, quando podemos ou não colocar nossa canoa no mar. Não adianta discordar — disse Regi, entusiasmado.

— Sim, e agora, com a leitura, tudo vai melhorar — Luara confirmou.

— Sim, mas precisamos ter livros, papéis...

— Precisamos saber como conseguir, vamos perguntar à Valina.

Na casa de Valina, contaram sobre a Festa do Divino e se divertiram com as novas descobertas de palavras escritas na areia.

— Valina, como podemos conseguir papéis e livros?

— Luara, não sabemos como podemos conseguir por ora.

— Será que em Paraty? Bom, iremos nos informar, iremos dar um jeito.

— Hoje vocês estão falando sobre suas crenças, suas festas e devoções. Vou ler para vocês sobre algo que eu acredito — Os ouvintes ficaram aguardando a fala de Valina. — Na religião egípcia *Maat* é a deusa da verdade e da justiça, da retidão e da ordem, é a deusa responsável pela manutenção da ordem cósmica e social. Ela é representada como uma jovem mulher com uma grande pluma na cabeça, segurando um cetro, símbolo do poder, em uma mão e um Ankh, símbolo da vida eterna, na outra.

— Ankh? — perguntou confusa, Mayara.

— Sim, é como que uma cruz, assim.... — Valina desenhou na areia o formato do Ankh, que se assemelha com uma cruz que no lugar da haste superior vertical tem uma alça ovalada. — Os egípcios acreditavam que o coração representava a ética do povo egípcio perante a sociedade. Então, o indivíduo necessitava estar sempre em harmonia com o coração, que representava a leveza proporcionada pela Retidão Cósmica. *Maat* tratava-se de um princípio imutável inscrito no coração dos homens desde a criação. Opor-se a ele significava desarmonia e, consequentemente, caos e sofrimento. O *Livro do Vir à Luz* fala sobre a *Câmara de Maat, que era um* lugar em que o morto era julgado perante um tribunal, pelos deuses, presidido pelo deus *Osíris*. Esse julgamento acontecia quando o coração do "réu" era pesado em uma balança. Para ser aprovado em seu julgamento, o morto teria que confessar a deus todos os atos que cometera contra ou a favor de seus semelhantes, da natureza e das leis cósmicas, durante a sua vida. Caso mentisse, o seu coração o denunciaria, pois penderia mais que a pena de *Maat*, seu contrapeso. Sendo o morto reprovado, ele não alcançaria o mérito de avançar no seu caminho pelas muitas provações que ainda teria que enfrentar.

— Nós seremos julgados um dia, no juízo final — Regi concordou com temor.

— Os encantados nos receberão e não nos julgarão, somente nos acolherão — Jacira discordou.

— Mas o que importa mesmo é o que nós fazemos pelos outros — Luara falou com certeza.

Jacira retrucou. — E por nós? Eu preciso pensar em mim, nossas ancestrais sempre nos ensinaram. Eu sou mais importante e o que eu faço atinge meu semelhante e também nossa mãe maior, nossa terra.

Mayara, indecisa, deixou escapar algumas palavras: — O grande mistério nos deixa ainda cegos, sem saber como é para ser.

Valina disse. — Vou pegar uma anotação que tenho aqui dentro — Valina entrou e logo retornou, sentou novamente e disse. — Aqui diz:

"Se encontrares um contendor em seu (melhor) momento, um homem humilde que não seja um teu igual, não o ataques por ser fraco. Deixa-o em paz, ele se refutará a si mesmo. Não lhe respondas para aliviar teu coração, não laves teu coração contra teu oponente. Desprezível é aquele que humilha um homem humilde, (embora) cada um aja segundo seu coração. Mas se bateres nele terás a reprovação dos magistrados."

— E o que acontece depois do julgamento? — Luara perguntou aflita.

Valina levantou os ombros e as sobrancelhas e respondeu.

— É o grande mistério. Cada um de nós tem seu próprio destino, de acordo com nossas crenças e experiências.

—Tudo o que eu acredito me foi ensinado — Jacira completou. — Mas eu acredito.

— Eu também, nós já crescemos sabendo dessas coisas na nossa aldeia — Luara confirmou.

Graça ainda não havia se pronunciado e falou baixinho:

— Valina, como seria "estar em harmonia com o coração" como você disse?

— Estar em graça, querida, como seu nome diz, estar em graça com a vida, disposta a viver ouvindo o seu coração.

— Continuo sem entender — disse Graça um pouco confusa.

— Quando vivemos para realizar nossos sonhos, seguimos nosso coração e vamos buscá-los onde eles estiverem — Valina falou com confiança. — Mesmo que isto nos custe muito — Nesse momento expressou um pouco de tristeza. —Tudo o que nos falam, todas as histórias que nos contam e também o que vemos, acabam por ser o que acreditamos que é a vida. E aqui estamos! É realmente muito bom ter vocês aqui! — Valina sorriu carinhosamente para todos — Sabe quando você faz algo e fica muito feliz?

— Sim — respondeu Graça.

— Isso é seguir o coração, é tudo que nos faz bem!

Mayara disse reflexiva e de forma sentimental: — *Piáuára,* que está no coração!

Estavam todos cheios de curiosidades, dúvidas. Regi ainda falou em voz alta o que estava pensando: — Eu sou o que eu vejo e o que me dizem.

— Sim, Regi. E por isso, muitas vezes, não conseguimos nos ver além do que nosso povo faz e pensa — Valina estava entusiasmada com a reação de todos.

— Você é uma anciã, Valina, um espírito antigo — Luara elogiou a sabedoria de Valina.

— Espero que nos visite quando puder. Vocês não foram na festa do Divino — Luara falou em tom de cobrança.

— Todos vocês também, Luara, cada um com uma sabedoria admirável! Realmente, não conseguimos ir. Rudolf estava como hoje, plantando e eu estava com ele. Ele está aproveitando o tempo de chuva. Regi, quando vai a Nossa Senhora dos Remédios de Paraty novamente?

— Ainda não sei. A senhora e senhor Rudolf gostariam de

algo da vila?

— Sim, se puder avisar, precisaremos de um favor.

— Tudo bem, avisarei. Agora é melhor irmos. Valina, somos gratos pelos seus ensinamentos. As rosas estão se acostumando à outra terra, logo teremos mais delas — Regi falou satisfeito.

— Rosas? — Jacira pergunta em seguida.

— Sim — Regi respondeu. — Estamos cultivando rosas em uma terra melhor que essa para Valina fazer suas curas e perfumes.

— Perfumes, curas? — Jacira pergunta mais uma vez.

— Eu explico, Jacira — Luara falou apressada e cuidadosa com a falta de discrição de Jacira.

Retornaram todos, mais uma vez em silêncio pelo caminho do mar.

Capítulo 10

Encomenda

A vila estava aumentando, novos fogos se formando e Regi e seus companheiros trabalhavam cada vez mais nos ajustes e na construção de novas casas. Quando estava próximo de ir à Paraty novamente, informou ao casal que pediu para que ele levasse uma carta para sua filha.

— Regi, gostaria que levasse essa carta para um entregador — Rudolf pediu.

— Sim, posso levar. Onde ele fica?

— Você pode encontrá-lo por trás da igreja de Santa Rita. Ele atende pelo nome de Salvador, ele sabe onde levar a carta. Essa pataca é para entregar a Salvador pelo serviço de levar a carta e essa outra pataca é para você. Nós te agradecemos, Regi, e pedimos sigilo.

— Não tem necessidade da pataca para mim, senhor Rudolf. Não é preciso, farei de bom gosto.

— Aceite, Regi — Rudolf insistiu com naturalidade.

— Obrigada! Entregarei a carta — Regi aceitou.

Regi ficou muito curioso com a carta, estava escrita em um papel grosso, colocada em outro papel e enrolada em um tecido e dentro desse tecido que tinha outro tecido costurado, Regi pôde sentir que havia uma chave grande dentro. A carta era para o lugar onde a filha do casal morava, no Rio de Janeiro.

Fazia quase dois meses que Regi estava tendo contato com a leitura, estava bem adiantado e se sentindo muito poderoso. No barco remava junto com mais cinco remadores e pensava no quanto poderia se desenvolver, pois estava aprendendo a ler. Ele iria a Paraty pela primeira vez sabendo algo a mais do que as outras vezes, ele era diferente de antes, agora estava conseguindo compreender muitas palavras.

Chegando a Paraty se dividiram nos afazeres e Regi foi em busca de Salvador para entregar a encomenda. Buscou a igreja e foi pela rua que ficava atrás dela para encontrar o local designado. Ele viu um armazém e tinham algumas pessoas na frente, como se estivessem esperando algo ou alguém, eram todos homens, vestidos com roupas parecidas com as dele, calça e camisa de algodão, descalços e alguns usavam chapéus.

— Eu vim falar com o senhor Salvador. Ele está?

— Deve esperar, estamos todos aqui para falar com ele — falou um senhor negro com cabelos grisalhos.

— Mas é que eu ainda volto hoje para meu lugar e eu quero falar logo com ele.

Todos se olharam, curiosos com o que Regi disse.

— Vai ter que esperar como todos aqui. Se não, vá embora! — um senhor falou.

Regi, sem querer dar atenção para o que eles falavam, insistiu.

— Eu só irei entregar esta carta.

— Vai entregar uma carta? Ah, uma carta! Podia ser ouro, rapaz. Precisa esperar! — falou um senhor com tom irônico.

Regi ficou quieto e esperou para ver se alguém vinha de dentro do armazém. Ouvia alguns barulhos lá dentro, mas nada que pudesse identificar o que era. Logo um senhor saiu e ele perguntou ao outro senhor que estava ao seu lado.

— Esse é o senhor Salvador?

— Não, esse é um trabalhador dele.

— Vocês estão aqui para falar com ele também?

— Sim. Você não sabe quem ele é?

— Não, eu vim trazer essa encomenda para um amigo.

— Amigo? Nesse mundo de Deus? E ainda existe?

— Bem, acredito que sim.

— E você não veio para trabalhar?

— Não.

— Sei.

— Vocês vão trabalhar aqui?

— Ele arranja trabalho na cana. Ele ficou rico com o ouro, mas agora... não se vê mais esse movimento por aqui.

— Nós viemos trocar a farinha de mandioca e o aipim por querosene, sal, viemos de canoa.

— Quando eu fazia isso vinha da Serra do Mar, "as picadas", a pé mesmo, saíamos com o sol nascendo e voltávamos com ele se pondo — o senhor falou como se tivesse boas lembranças.

Um homem alto, negro e sério saiu rapidamente do armazém e um mensageiro chamou outra pessoa. O mensageiro era um rapaz branco com cabelos caídos no rosto, era rápido e ágil. Regi logo tomou a frente dos outros quando o viu na porta.

— Posso entregar rapidamente essa carta para o senhor Salvador?

— Não, espere sua vez — o jovem também foi decidido.

— Quem está aí com uma carta? — alguém perguntou de dentro do armazém.

— Sou amigo do senhor Rudolf, ele pede que entregue essa carta ao senhor Salvador — Regi falou com um tom mais alto de voz. Ele estava preocupado com a demora, pois precisava voltar à vila.

— Venha — o mensageiro falou com rispidez.

— Sim, senhor.

Regi adentrou o armazém olhando curioso o que havia ali e quem estava lá dentro. Observou que havia uma mesa grande com muitos papéis, havia também armários cheios de coisas dentro, havia coisas empilhadas, alimentos, madeira cortada, ferramentas e até um cachorro.

— Quem mandou entregar uma carta? — um homem alto, moreno, queimado de sol, cabelos pretos grandes, barba feita e com botas até o joelho o atendeu.

— Senhor Rudolf e senhora Valina. O senhor é o Salvador?

— Sim, sou eu. E onde eles estão?

— Eles estão próximos à vila onde moro, a algumas horas de remo daqui.

— Deixe-me ver — Salvador segura a carta, pressiona para saber o que tem dentro. — Para quem é?

— Aí diz "Senhor e senhora Oliveira".

— E você tem leitura, rapaz?

— Um pouco, seu Salvador.

— E você veio para pedir trabalho?

— Vim apenas para deixar a carta.

— Todos aí fora querem trabalho.

— E eles não têm suas terras para morar?

— Terra? Terra... — Salvador dá um ligeiro sorriso sarcástico. — Como é mesmo seu nome?

— Regi.

— Terra não é para todos, a terra aqui não é de ninguém, mas tem dono — falou de forma grosseira.

Regi ficou desconfiado, sentindo uma estranheza na fala de Salvador.

— A carta custa caro. O pedágio é de duas patacas e quatro vinténs por pessoa e quatro por cavalo. E ao chegar no Rio de Janeiro o correio-Mor presta o serviço por encomenda, e não é uma atividade regular, vai depender da estrada e do tempo, porque a carta será entregue a pé ou a cavalo.

— E quanto será para a carta ser entregue?

— Duas patacas, pois outras cartas irão, diminindo o valor dessa que você trouxe.

— Duas?

— Sim, duas. Se quiser trabalho retorne. Tenho algo para

você.

Regi se sentiu um pouco tonto com a rapidez de toda a conversa.

— Sim, senhor.

— Pode chamar o próximo. Depois venha aqui novamente para saber se a carta foi recebida.

— Eu já tenho meu trabalho — Regi disse tão baixo que não se ouviu, entregou as duas patacas e saiu.

Regi saiu aliviado por ter entregue a carta, mesmo que tenha custado a sua pataca também. Foi em direção à Câmara para encontrar seus companheiros, deu a volta no armazém e viu a igreja de Santa Rita, estava fechada. Caminhando, logo viu a igreja de Nossa Senhora dos Rosários, diferente da outra, a de Santa Rita era de tijolo e caiada, essa não, mas estava aberta.

Regi entrou e ficou olhando a igreja e da porta ficou admirando uma estátua da santa que estava no altar. Havia duas senhoras conversando e organizando o espaço. As duas eram negras, com cabelos crespos e pretos e muito sorridentes, usavam vestidos na cor azul, as duas.

— Entre, seja bem-vindo — uma delas falou.

— Estou aqui olhando a santa — Regi estava em pé, próximo à porta da igreja, olhando para o altar.

— É Nossa Senhora do Rosário.

Regi sorriu e continuou olhando a santa e a estrutura da igreja, que era bem diferente da outra, menor, mais baixa e mais simples. As duas mulheres saíram em direção à lateral da igreja e Regi saiu para encontrar seus companheiros.

No retorno, o mar estava agitado e com força e rapidez tentaram fazer o trajeto de forma segura e rápida, ainda era tempo de chuva. Chegaram em paz.

Capítulo 11

Ritos

Os dias foram passando e os encontros continuavam, cada vez mais jovens queriam fazer parte. José também se juntou aos demais.

— Luara, você quer ajuda com as rosas?

— José, nós estamos aumentando o plantio, você pode ajudar — falou sorrindo carinhosamente — Você está gostando de aprender?

— Eu não tenho muito interesse, quero mesmo é paz na mente.

— José! É a melhor coisa!

— Conheci muita gente letrada, que só me fizeram mal, se isso cai na mão de gente ruim, não dá certo não.

— E você é gente ruim? Não! Então é melhor cair na mão de gente boa, assim como você!

Ele sorriu com a alma e por um momento aparentou concordar.

— Eu vou mesmo cuidar nas coisas que já sei fazer.

Valina convidou as meninas para comemorarem com ela a chegada do outono na sua terra, que correspondia à chegada da primavera no Brasil.

— Meninas, dia 20 de setembro inicia-se a primavera aqui, e na minha terra o outono. Rudolf vai caçar com Regi e José, vocês querem vir comemorar comigo?

— Vamos! — Graça falou muito animada. — O que vamos fazer? Eu nunca participei de nenhuma comemoração como esta. Não temos esse costume.

— Podia ter tido antes, mas sua mãe e sua avó não continuaram — Jacira falou convencida — Mesmo não estando mais entre os nossos, continuamos a fazer nossos rituais.

— É mesmo, Jacira? O que ainda fazem? — Valina perguntou curiosa.

— Não mais o ritual com os inimigos, não pense, pois não fazemos — Jacira falou irritada.

— Eu não pensei isso, Jacira. Pensei em qualquer um que pudessem continuar a fazer — Valina falou com um leve sorriso.

— Com 25 anos o homem só era considerado adulto quando matava um prisioneiro de guerra. Era um dos ritos de passagem, fazia parte da vida — Mayara conta. — O rito de passagem mais bonito é o da gestação. Quando uma mulher estava grávida, o pai e a mãe recebiam cuidados especiais, ficavam um pouco separados das pessoas da aldeia até que a criança nascesse. Quando acontecia o nascimento eles voltavam à vida normal, mas antes disso, se fosse um menino o pai levantava-se do chão e cortava-lhe o umbigo com os dentes, depois a criança era banhada no rio. Em seguida, a criança era colocada numa pequena rede, onde eram amarradas unhas de onça com penas da cauda e das asas de uma ave de rapina, um pequeno arco e algumas flechas, para que a criança se tornasse valente e disposta a guerrear com os inimigos.

O pai, durante três dias, não comia carne, peixe ou sal, alimentando-se apenas de farinha. Não fazia, também, nenhum trabalho, até que o umbigo da criança caísse, para que ele, a mãe e a criança não tivessem cólicas. Três vezes por dia punha os pés no ventre da esposa. Nesses dias, o pai fazia pequenas arapucas e nelas fazia a tipoia de carregar a criança, tomava também o pequeno arco e as flechas e atirava sobre a tipoia, pescando-a depois com o anzol, como se fosse um peixe. Assim, no futuro, a criança caçaria ou pescaria. Depois a aldeia inteira comemorava e escolhiam o nome da criança.

— Nossa, Mayara, explêndido! — Valina falou batendo palmas.

— Eu quero ter todos os cuidados especiais quando estiver esperando meu filho — Jacira explanou sua vontade.

— Quando tive a minha filha, foi um momento muito especial, eu me senti como um portal entre o céu e a terra, toda a vida dela se formando dentro de mim e depois vê-la crescer e poder sentir esse amor, sem nada pedir, sem nada exigir. Vocês vão gostar de serem mães.

— Por que não teve mais filhos, Valina? — Luara questionou.

— Esperei muitas luas uma nova criança, ainda espero. Mas minha filha já está com 18 anos.

— Logo sua filha também será mãe — Mayara falou.

— Sim, logo será a vez dela.

No dia que marcava a virada da nova estação, todas foram para a casa de Valina.

— A lua vai minguar — Mayara comentou.

— Sim, e eu já estou com uma sensação estranha, um aperto no peito. Tomara que a caça esteja boa, esteja tudo bem — Valina disse o que estava sentindo.

— O céu hoje está bem fechado — Luara comentou intrigada.

— Essa época aqui tanto chove quanto esquenta. Está fazendo bastante calor — Valina disse.

— Sim, os animais gostam, as plantas crescem mais agora, ficam todas felizes e brilhantes — Graça suspirou. — Essa é a época que eu mais gosto, faz calor pra entrar no mar e ainda nos refrescamos com a chuva.

— Muito bom ver o que tem de melhor na vida, Graça. — Valina admirou-se.

— Aqui vivemos assim, um dia de cada vez, confiamos em

tudo que a grande mãe nos dá, não temos pressa, só confiamos no caminho, como o rio corre sem olhar onde vai parar — Jacira completou.

— Hoje Rudolf não está e eu acho que não vou conseguir dormir.

— Por que, Valina? — Luara perguntou.

— Tenho medo.

— Medo? De quê? — Luara admirou-se.

— Não sei. De acontecer algo e eu estar sozinha.

— Não vai acontecer nada.

— Pede proteção — Mayara sugeriu.

— Farei isso.

A fogueira estava acesa, elas compartilhavam suas histórias, suas experiências e curiosidades. Valina carinhosamente entregou um frasco de perfume para cada uma e disse:

— Que essas fragrâncias de rosas purifiquem seu espírito e lhes tragam muita alegria — desejou Valina afetuosamente ao entregar o frasco.

— *Piauasú, Indaué*! Coração grande, desejamos o mesmo a você! — Jacira falou.

Luara ergueu o braço e repetiu o que a irmã havia dito.

Depois todas fizeram o mesmo em uma roda, repetiram ao mesmo tempo: — *Piauasú, Indaué*! Coração grande, desejamos o mesmo a você! *Piauasú, Indaué*! Coração grande, desejamos o mesmo a você!

Fizeram um canto ao redor da fogueira e juntas se emocionaram.

Capítulo 12

Cadafalso

No outro dia, Valina foi até a vila para ver as roseiras. Encontrou José e Luara no local onde as rosas foram plantadas.

— Luara, mas as rosas estão lindas! Poderemos fazer muito com elas! — falou surpresa e feliz.

— José é um grande cuidador de rosas, está me ajudando todos os dias — Luara falou animada.

— Hum, José! Estou vendo que sabe mesmo cuidar de uma preciosidade — disse Valina sorridente — José, vocês chegaram da mata agora?

— Quando o sol nasceu saímos de lá. A caça foi boa!

— Que maravilha, irei ver Rudolf. Luara, levarei umas roseiras.

Valina se dirigiu para casa, ia apressada na trilha por dentro da mata.

— Rudolf, você está ai?

Não ouviu nenhum barulho. Entrou em casa pela porta da frente que estava aberta.

— Rudolf! Você está aí? Pensei que não estava. Como foi a caça? — falou sorrindo para seu marido. — José falou que...

Rudolf estava sério, pálido, olhou para o lado. Valina se assustou, viu um homem em pé, por trás da porta, ele vestia uma batina, era alto, branco e usava um chapéu preto.

— Olá, senhora!

— Olá! — Valina respondeu surpresa.

— Como vai?

— Bem...

— Eu vim aqui para conhecê-los. Soube que moram aqui há algum tempo.

Valina, pálida e assustada, respondeu: — Sim, eu tinha ido dar uma volta na floresta.

— Rosas! Que bonitas rosas tem em suas mãos.

— Sim, eu encontrei elas no caminho.

— Rosas no caminho? Senhora, aqui não se cultivam rosas. As rosas não são encontradas aqui nesse caminho, nessa terra.

Valina ficou nervosa.

— O que deseja, senhor? — Rudolf perguntou antes que algo pior acontecesse.

— Gostaria de conhecê-los. De onde vieram?

— Viemos de Portugal, senhor.

— Portugal? Não falam precisamente o português, senhor?

— Viemos atrás de ouro, como muitos que estão aqui nessas terras.

— E não encontraram esse ouro, senhor?

— Não. Não tivemos sucesso.

— Nenhum pedacinho?

— Não.

— E por que agora vivem aqui nesse lugar?

— Porque achamos esse lugar e gostamos de viver aqui.

— Não prentendem voltar para casa?

Enquanto isso, Valina saiu para o quarto muito sorrateiramente. Rapidamente pegou papéis que estavam por trás de um caixote, jogou-os dentro de um pedaço de tecido e os colocou do lado de fora da casa. Ao mesmo tempo, tentou esconder os vidros com os quais trabalhava, as essências e todo o material. Nervosa, deixou alguns vidros se tocarem, o que chamou a atenção do padre.

— Onde ela está? O que está fazendo?

— Eu preciso que o senhor nos dê licença — Rudolf falou aturdido. — Precisamos trabalhar, aqui plantamos e catamos alimentos da floresta.

O padre adentrou o quarto onde Valina estava e rapidamente tomou o material de suas mãos.

— Oh! — Valina foi supreendida e estava nitidamente abalada, não conseguiu dizer palavra alguma.

— O que o senhor está fazendo? Está invadindo minha casa e o quarto em que minha mulher se encontra.

— O que é isso? Deixe-me ver — o padre pegou um dos frascos, abriu e cheirou, verificou rapidamente todos os outros, do líquido mais concentrado ao mais diluído.

— Olhe! O que vejo? São porções?

— São perfumes.

— Perfumes? Para que se está, no meio dessa mata, fazendo perfumes? Você vende, senhora?

— Não.

— E para quê tantos?

— São para mim.

— Rosas, frascos, porções, restos de fogueiras, cinzas, velas, restos de frutas no chão. O que acha que estou fazendo aqui? Você é uma bruxa! Vou prendê-la!

— Não sou uma bruxa, esse é meu trabalho. Não tem nada com a bruxaria, eu nem sei o que é bruxaria.

— Não sabe o que é bruxaria? E feitiçaria? O que me diz, senhor Rudolf, você sabia que ela estava fazendo isso?

— Minha mulher não está fazendo nada, está apenas fazendo o que gosta, são apenas perfumes, somos boticários.

— Eu sei quem vocês são!

Nesse momento, Rudolf rapidamente foi para perto de Valina. O padre ainda questionando-o.

Rudolf bate fortemente com o punho na face do padre, lançando-o na parede daquele pequeno quarto. O padre, atordoado, fez o movimento de avançar em Rudolf, que pegou vidros e um pano e lançou sobre o padre. Ligeiramente Valina sai do quarto e Rudolf joga o padre contra a parede com toda a sua força, impulsionado por sua ira, e sai da casa correndo com Valina. Pega seu machado e correm os dois em direção à mata, seguindo o mesmo trajeto que havia feito para chegar alí após a caça.

O padre se levanta, como se existisse um demônio no seu corpo, grita desesperado e sai à procura do casal. Ao chegar na parte de fora da casa, não vê ninguém. Desorientado, corre em direção à praia, por onde veio, à procura dos dois.

Regi havia ficado na floresta naquele dia, estava pensativo, queria ficar um pouco mais alí. Seus companheiros desceram e ele resolveu ficar mais na pedra, quis pensar sobre a vida, pensar na nova fase, no convite de trabalho. Ficou um pouco dentro da caverna, gostava da pedra gelada, pensou em fazer o mesmo caminho que fez da outra vez que estava sozinho alí. O caminho que dava na cachoeira, lembrou do velho Gomba, como sentia falta dele. O que ele diria se soubesse que Regi estava avançando na leitura?! Com certeza, ele queria um livro sobre plantas, como Valina disse, botânica. Nome bonito, Regi achava. Ficou horas na caverna, pensando nas novas possibilidades, em tudo que poderia aprender e depois ensinar para seu povo, para as crianças. Ensinar sobre botânica, poderia ser isso, ele poderia estudar sobre isso. Foi criado aprendendo tudo o que via, ninguém ensinava, as pessoas aprendiam vendo o outro fazer. E ele aprendeu a pescar, a fazer casas, a coletar frutas, sementes, a plantar, a esperar o tempo das coisas, esperar a época do plantio, da colheita, da caça, da pesca, ninguém falava nada, tudo era observado. Aprendeu a observar onde tinha cobra, onde podia tomar banho, no rio ou no mar. Regi tinha medo de cobra, chegava a se arrepiar. Antes não tinha, mas agora aonde ia olhava para o chão, para árvores, mas, mesmo assim, arriscava ir a qualquer lugar, dia ou noite. Mas o medo estava alí.

— Onde iremos, Rudolf? — Valina perguntou desesperada.

— Vamos por aqui, não é possível que ele nos ache, que saiba andar na Serra do Mar, lá é mata fechada e ele estava sozinho.

Subiram morro adentro, passando por diversas árvores,

pulando galhos, pedras, foram duas horas de caminhada e não ouviam nenhum barulho atrás deles. Aparentemente estavam sozinhos.

Regi na pedra, sozinho, ouviu um barulho na mata. "O que pode estar fazendo esse barulho? Não tem ninguém por aqui! Será uma onça? Ela não vem sorrateira, ela vem determinada. Vem rápida, o barulho se aproxima, ainda dá tempo de fugir! Será que ela faz morada aqui? Nesse lugar, nessa caverna? E vem já com toda sua violência e raiva, afastada ontem pelo fogo e barulho aqui? Se ela vem agora, nesse horário e com toda rapidez que vem vindo, é certeira para me pegar. Eu só tenho esse facão para me proteger. O barulho que ouço não é de uma e sim de duas, elas vêm juntas. Vou ter que sair, antes que fique preso aqui com elas".

Sua respiração estava ofegante, o coração batia rápido, suava constantemente, saiu devagar da caverna e, cuidadoso, com o facão levantado, correu apressado pelo lado oposto ao barulho que ouvia cada vez mais alto e mais perto.

Olhou rapidamente para o lado, viu uma jacarandá e logo subiu nela, colocando-se em posição de guarda e defesa.

— É ali! — Rudolf aponta para a caverna.

— Uma caverna?! — Valina fala admirada e espantada ao mesmo tempo.

— Sim, vamos para lá e depois poderemos pensar no que iremos fazer.

Regi não entendendo bem o que via, começou a identificar um movimento por entre as árvores, mas não era na altura de uma onça.

Logo viu Valina e Rudolf vindo, agora ele teria que ter cuidado para eles não se assustarem e pensassem que ele, sim, fosse uma onça, ou outro animal que pudesse atacá-los. Lembrou-se que podia falar, estava tão assustado, tanto tempo na floresta, em silêncio, esqueceu por um instante dessa possibilidade.

— Rudolf, Valina! — gritou ele da árvore.

— Quem está nos chamando? Será que já estão aqui nos

esperando? Por onde vieram? — Valina falou desesperançosa.

— Não, eu acho que é Regi, ele havia ficado aqui depois que fomos embora.

— Sou eu, Regi.

Não conseguiam saber de onde estava vindo a voz de Regi, então se aproximaram mais da caverna.

— Aqui! Em cima!

Olharam para cima e viram Regi na árvore com seu facão.

— Regi! O que está fazendo aí, filho? — perguntou Rudolf.

Regi percebeu que ainda estava na árvore com medo da onça. Desceu rapidamente.

— Eu achei que eram onças vindo pra cá! Não pensei que alguém pudesse estar por aqui.

Valina e Rudolf olharam-se, aflitos e indecisos, olharam pra Regi, aparentemente desesperados e ao mesmo tempo aliviados.

— Regi, podemos conversar com você? — Rudolf falou ainda sem saber exatamente o que ia falar para Regi, mas entendendo que seria a pessoa a qual poderia ajudá-los.

Valina olhou para Rudolf com olhos de dor e desespero. Regi, sem entender absolutamente nada, estava confuso e agora nervoso.

— O que aconteceu? — Regi perguntou com o coração acelerado, com um nervosismo que o deixava com a mente confusa e os olhos embaçados.

— Regi, temos um problema, alguém está atrás de nós! — Rudolf falou pausadamente.

— Quem está atrás de vocês? O que aconteceu? — Regi ficava cada vez mais nervoso, curioso e com um certo medo.

— Aconteceram muitas coisas conosco até chegarmos aqui e, por causa disso, viemos morar aqui e agora estamos precisando nos esconder. Escolhi esse lugar porque foi o primeiro que me veio à mente. E que bom que está aqui, Regi. Esperamos de forma sincera que possa nos ajudar.

Regi em segundos pensou inúmeras coisas que poderiam ter

acontecido. Que tipo de criminosos eles seriam que estavam se escondendo tanto e ele ia ajudar? E se fosse também incriminado? O que ele faria? Ao mesmo tempo tinha praticamente uma devoção pelo casal. Continuou confuso e atento.

— Deixa eu perguntar primeiro. Você precisa voltar para a vila agora? — Rudolf perguntou a Regi.

— Não, eu fiquei aqui depois da caça e estava pensando em ir para a cachoeira.

— Tem uma cachoeira aqui? — Valina perguntou.

— Sim, descendo a trilha, depois tem uma parte que é preciso escalar e logo estará na cachoeira.

— Estou perguntando se está com pressa, porque para que possa entender o que vou contar e se sinta informado o suficiente para decidir se quer nos ajudar, vou precisar de um pouco de tempo, mas ao mesmo tempo sei que podemos estar correndo perigo, pois precisei abrir alguns caminhos vindo para cá.

— Contem-me.

— Bom, nós viemos de Portugal, como você já sabe, mas nossa terra natal é a Suiça, viemos do cantão de Berna e nossa língua é o alemão, como você também já sabe.

Nós vivíamos muito bem com nossa filha, cultivávamos a terra, vivíamos perto da nossa família, mas, como você sabe, nós gostamos de usar as plantas para fazer remédios.

— Sim, assim como nós.

— Sim, mas foi diferente, porque nós começamos a estudar sobre o poder das plantas e conseguimos fazer comércio, nós tínhamos uma botica, em que vendíamos os medicamentos que fazíamos a partir das plantas. No entanto, por causa das curas com as plantas, muitas pessoas começaram a ser denunciadas e presas onde morávamos.

— Por quê?

— Acusadas de feitiçaria pela igreja.

— Feitiçaria?

— Sim, nós só fazíamos o que Valina ensinou pra vocês aqui

com as rosas, no entanto usávamos muitas outras plantas.

— O que houve então?

— Regi, aqui na vila não tem esse problema, ou não tinha, mas em muitos lugares existe um tribunal, o da Santa Inquisição.

Regi continuava atento e angustiado.

— E nós, por causa do tribunal e com medo de sermos denunciados, fugimos da Suíça.

Valina observava atenta, aguardando Rudolf contar tudo a Regi.

— Então vocês não são criminosos?

— Não, não nos consideramos, Regi.

— E o que é o tribunal? O que acontece?

Valina respirou profundamente e começou a contar também.

— Regi, deixe eu explicar pra você como funciona o tribunal. Nós chegamos a assistir sentenças, quando estávamos em Lisboa, que foram muito difíceis para nós.

Valina começou a contar e de repente suas lágrimas começaram a escorrer pelo rosto, mas ela continuou: — Nós fomos para Portugal e lá fomos acolhidos por uma família. Como peregrinos, pedimos trabalho e conseguimos e essas pessoas tinham vindo do Brasil e já haviam passado por problemas com o tribunal. De qualquer forma, como não nos conheciam, resolvemos continuar lá, estávamos de passagem, mas sem saber para onde ir ainda. Então, tínhamos conhecimento de quando aconteceriam as sentenças, que eram em praça pública.

Valina continuou: — As sentenças eram proclamadas em uma solenidade, no que se chama de autos da fé. Iam muitas pessoas, desde viajantes até autoridades, eles anunciavam 15 dias antes e durante esse tempo aconteciam os preparativos.

Rudolf complementou: — Nós assistíamos e ouvíamos a tudo.

— Sim — concordou Valina e continuou contando a história em tom de terror e suspense. — Nesse período era montado o palanque a céu aberto, o cadafalso e o anfiteatro, e também se faziam roupas, sambenitos, umas roupas de sacos que os réus tinham que usar como presos. No dia marcado, havia uma procissão pela manhã que passava por parte da cidade e depois todos iam para a praça. Na frente, na procissão iam os frades com a bandeira da Inquisição, depois, logo atrás dos frades vinham as pessoas com os guardas, primeiro os acusados, mas penitentes, os que diziam ter-se arrependido do que fizeram. Eles vestiam os sambenitos e tinham a cabeça coberta com a carocha, andavam também com uma vela acesa na mão e descalços, atrás deles vinha o pior, os condenados a morte junto com os familiares e os confessores jesuítas e no final ainda tinha as estátuas de madeira que iam ser queimadas junto do caixão, onde iam os ossos do morto.

— Mas o que eles tinham feito?

— Eram muitas acusações, de todos os tipos, na maioria das vezes nada grave contra a vida, mas sim contra a igreja, às vezes nada contra a igreja, mas não seguiam as normas católicas.

— A igreja? — Regi falou perplexo.

Rudolf falou: — Sim, a igreja, igreja católica, que prega a fé, o amor e outras tantas coisas boas. Mas a verdade não é bem essa!

— Quem não segue as normas da igreja católica, que eles chamam de cristianismo, são chamados de hereges — Valina explicou e continuou. — Quando decidimos fugir, pensamos em ir pela Itália, mas lá também era muito grave, na verdade em todos os lugares, estávamos cercados. E chegou ao nosso conhecimento que um cientista havia morrido, preso em sua própria casa, porque a igreja católica não concordava com seus estudos, o Galileu Galilei, que era italiano. Então, tudo foi nos deixando com mais medo de perseguição, muito medo, nem dormíamos.

Valina continuou: — Resolvemos então seguir para a França, fizemos a viagem de carroça e com cavalos, sempre por terra. Na França, encontramos espaço para viver e lá percebemos que poderíamos ter algumas oportunidades. Conhecemos alguns franceses que falaram sobre o Brasil, mas não tínhamos detalhes, mas ficamos sabendo que Portugal trazia muito ouro do Brasil e que possuíam terras de muita fartura. Resolvemos seguir a estrada, passamos pela Espanha, foi uma período muito difícil, nossa filha já estava cansada, aparentava sinais de que não estava bem de saúde e nós não podíamos usar nada para curá-la.

— Na Espanha, a perseguição maior era pelos judeus — Rudolf disse.

— Na Espanha também havia muitas perseguições, principalmente aos judeus, mas mesmo assim não conseguíamos nos sentir seguros e lá foi dada a oportunidade dos judeus se converterem ao catolicismo ou saírem do país, muitos vieram para o Brasil.

— Nós decidimos ir para Portugal. Foram mais de três meses para chegar — Rudolf completou.

— Em Lisboa passamos três anos, e por isso conseguimos nos comunicar em português. Fomos acolhidos pela família do Impressor da Academia Real, Rudolf trabalhou na sua oficina e nos deram morada, inicialmente. Mas nós queríamos continuar trabalhando com a botica. Em Lisboa existem algumas boticas, nada oficial, então alguns amigos nos orientaram para nos especializarmos. E descobrimos que havia dois caminhos.

— Pois é! — Rudolpf continuou. — O acesso à profissão de boticário podia ser feito por duas vias: através do curso de boticários da Universidade de Coimbra ou pela via do Físico-Mor. Se fosse pela universidade, os candidatos teriam que estudar latim durante dois anos e depois praticavam a arte de boticário numa botica sob a orientação do boticário proprietário durante quatro anos, findo este tempo, os candidatos fariam um exame para estudar na Universidade de Coimbra, sendo considerados aptos, poderiam exercer a arte em qualquer parte do país. Para frequentar o curso na Universidade foram estabelecidos partidos num número total de dez. Os partidos eram um financiamento para os que quisessem ter acesso à profissão pela via da Universidade. A verba atribuída revertia, habitualmente, a totalidade do montante para o mestre boticário, que recebia na sua botica o aprendiz. Caso sobrasse uma parte da verba atribuída, esse montante era dado ao aprendiz, mas raramente ou nunca isso acontecia.

Valina toma a palavra: — A outra via de acesso à profissão, que era a que seria melhor para nós dois, era a do Físico-Mor. Todos os que quisessem ser boticários praticavam numa botica do país e após o tempo de prática suficiente para a aprendizagem da arte, os futuros boticários faziam exame perante o Físico-Mor ou um delegado, todos os que fossem considerados aptos poderiam abrir botica em qualquer ponto do país. Esta última via era a mais escolhida, pois oferecia vantagens econômicas, já que a prática da arte de boticário poderia ser feita numa botica do local de residência do candidato. O ensino era totalmente prático, não havendo contato significativo com inovações científicas, nem com a medicação química. Mas com o acesso que tínhamos à oficina, poderíamos conseguir livros para auxiliar no aprendizado. Mas não conseguimos um Físico-Mor para nos ensinar, pois era por indicação e algumas famílias tinham prioridade.

— E como vieram para o Brasil?

Rudolf então inicia a fala.

— O movimento na oficina era intenso, havia pessoas consideradas importantes, intelectuais, membros do clero e da igreja. E eu ouvia muitas conversas. Então descobri como fazer para vir para o Brasil, com quem falar, qual a documentação. E em troca de informações, consegui o passaporte, documento necessário para embarcar. No passaporte, precisamos colocar nomes diferentes, pois como ficaria tudo registrado, ficamos com medo de nos encontrarem, de alguma forma.

— Quanta coisa aconteceu... E quais os seus nomes verdadeiros?

— Nossos nomes são Valina e Rudolf Lutz, nossos verdadeiros nomes. Valina confirmou.

— Sim, Regi, muita coisa aconteceu. Você acha que tem perigo deles chegarem aqui? O padre foi até nossa casa e quer nos entregar — Valina estava nervosa com a situação.

— Não sei, mas é pouco provável. Acho importante eu ir para a vila para saber se alguém os procurou.

— Sim. Temos que pensar na melhor forma de fugirmos.

— Vocês vão mesmo sair daqui?

— Eu não vejo outra saída, mas da forma que estamos, sem nada, nem uma libra, para onde iremos? — Valina falou em desespero.

— Calma, Valina, vamos resolver. Vamos conseguir, confiemos — Rudolf a acalmou.

Valina respirou profundamente e disse:

— Regi, nossa filha está abrigada na casa de um casal no Rio de Janeiro e a carta que você entregou era para ela. Ela deve estar a caminho. Não sabemos sobre o seu paradeiro. É nossa maior preocupação!

— Mas como ela está vindo?

— Nós passamos todas as instruções na carta. Como já estávamos instalados e achávamos que não ia acontecer mais nada conosco, resolvemos chamá-la.

— Qual a idade dela?

— 18 anos.

— Essas estradas são perigosas. Tem ladrões, fugitivos, nunca andamos por elas.

— É o caminho do Rio de Janeiro para Paraty que ela vai fazer.

— Temos que chegar a Paraty antes dela chegar, pois se ela conseguir chegar até aqui, vai encontrar a casa vazia — Rudolf advertiu.

— Vocês não podem ir. Temos que saber onde esse padre está. Eu preciso voltar à vila. Irei e virei com alguma informação assim que o dia amanhecer.

— Regi, nós te agradecemos. Terminamos de contar a história quando você voltar. Obrigada por confiar em nós — Valina disse emocionada.

— Sim, eu confio!

Regi desceu pelo caminho que fazia com frequência para a caverna e ao chegar à vila foi para casa. Perguntou ao pai se alguém que não era da vila havia estado ali. O pai dele respondeu que sim, existia lá, naquele momento, um vigário e dois comissários. Regi estremeceu. Respirou fundo e foi ver onde eles estavam. Geralmente as pessoas que iam à vila se reuniam onde eram feitas as festas, onde existiam troncos de árvores para se sentarem e conversarem, principalmente à noite. Dirigiu-se para lá e observou o movimento.

— Regi, venha. — Chamou Virgulino.

— Sim, seu Virgulino.

— O vigário e seus comissários estão procurando por três pessoas que dizem morar aqui próximo a vila.

Um dos senhores rapidamente leu o que estava escrito em um papel que retirou de dentro de um livro coberto com couro.

— Os nomes das pessoas que procuramos são: Antônio Vasconcelos, Clara Vasconcelos e Rita Vasconcelos, moradores de Vila Rica, vindos da cidade de Lisboa, Portugal, no ano de 1930, desembarcando no porto de Paraty no dia 16 de outubro.

— Pode parar, isso basta, esse não deve saber de nada — disse o Vigário aborrecido.

— Você conhece, Regi? — perguntou Virgulino.

— Não, senhor.

Regi observou que muitas pessoas se reuniram, iam chegando para saber do movimento.

Uma delas perguntou: — Por que estão procurando estas pessoas?

O padre, já levantando do banco de madeira que estava sentado, respondeu:

— O motivo é sigiloso, mas posso adiantar, crime contra a igreja, prática de bruxaria — grosseiramente falou o padre.

Todos os que estavam ali ficaram assustados, começaram a susurrar, conversarem uns com os outros.

Regi estava cada vez mais nervoso com o que poderia

acontecer, mas não conseguia falar nada. O padre parecia enorme diante dele, se ele falasse, talvez nem ouvisse, de tão recuado que Regi estava. Regi começou a se movimentar para o outro lado em que as pessoas estavam, onde José estava também, ele queria se sentir mais seguro.

— José! — Chamou Regi.

— O que é isso? Bruxaria aqui? — José falou indignado.

— Pois é, você já viu isso?

— Sim, mas acho difícil ter isso por aqui, nunca vi nada, nada, nem senti.

Regi olhou admirado e confuso com a fala do amigo.

— Senhor — Regi levantou a mão. O coração disparado, nervoso.

— Sim, fale logo rapaz — o padre falou áspero.

Regi ficou em silêncio.

— Você sabe alguma coisa, Regi? — Virgulino interviu.

— Hoje pela manhã vi três cavalos naquela direção. Apontou para o seu lado esquerdo. — E me parece mesmo que iam duas mulheres.

— Pegue o depoimento! — o padre falou para um dos comissários.

José olhou para Regi admirado.

— Venha aqui, rapaz.

José puxou Regi pelo braço.

— Cuidado, pois eles podem querer que você vá com eles para fazer a busca.

Regi olhou bem para o amigo, ainda muito nervoso. Enquanto Regi fazia o relato, o padre conversava com Virgulino, pedindo instruções sobre o que poderia ter para o norte. Regi prestou depoimento, fez sinal para José e os dois saíram rapidamente do local.

Regi sentia tanto medo que podia ouvir o barulho dos seus pés na areia, pisando forte, sem conseguir pensar em nada, só em fugir.

— Regi, o que deu em você?

— O que foi?

— Se você estava na serra, como viu pessoas em cavalos?

— Venha, vou lhe contar.

Na praça, todos ainda comentando sobre o assunto.

— Onde está o rapaz que viu as pessoas? — perguntou o padre.

— Ele estava aqui! — respondeu o escrivão.

— Era para ter segurado o homem — disse com impaciência o padre. — Vamos, não temos tempo a perder. Virgulino, podemos voltar!

— Sim, padre Miguel, serão bem-vindos.

Subiram em seus cavalos e seguiram para o norte, pela praia.

Regi se escondeu com José mais para a mata e contou toda a história. Seguiram para a casa de Regi. Ao chegarem na casa de Regi viram seu pai preparando o moquém, a caça havia sido boa e eles iriam se reunir para comer.

— Regi, você não veio com os outros, por quê? — a mãe de Regi perguntou admirada.

— Minha mãe, fiquei para ir na cachoeira mais uma vez.

— José, pegue essa panela com água quente pra colocar a mandioca para cozinhar — Vânia, mãe de Regi pede a José — Ajude, Regi!

Os dois colocaram a panela pesada no fogo e continuaram a conversar. Regi se aproximou do pai.

— Meu pai, quando terminar quero falar com o senhor.

— Depois que terminar vou tomar uma pinga enquanto a caça fica pronta. Sua mãe e Vilma já trataram a carne, você pode ajudá-las com o restante. Pode ir pegar água também.

— Sim, meu pai, irei. Mas eu preciso falar com o senhor agora.

— O que foi, Regi?

— Vamos aqui.

Os três se afastaram do movimento e foram para baixo do cajueiro, onde havia um tronco usado como banco.

— Meu pai, eu estou precisando de ajuda.

Regi começou a contar ao pai primeiro o que aconteceu na praça, sobre o padre, e quando ia começar a contar o que aconteceu com Rudolf e Valina, foi interrompido por seu Vigulino, que chegava a sua casa.

— Regi, meu filho, eu estava lhe procurando.

— Oi, seu Virgulino! Venha.

— Regi, o padre estava lhe procurando — falou Virgulino preocupado.

Dissimulando, respondeu. — Dei o meu depoimento e vim para casa.

— Você viu essas pessoas? Quem são esses bruxos? — falava assustado Virgulino.

— Foi o que falei, três pessoas, três cavalos indo para o norte.

— Podem ter seguido para a Vila de Santos. Mas quem poderiam ser essas pessoas?

— Não sei, não os reconheci.

— Deve ser algum viajante, Vigulino — Gonçalves, pai de Regi falou.

— Não, eles disseram que moravam aqui.

— Eu não sei. Conhecemos toda a gente que mora nessa região. Talvez foram enganados...

— É, eu achei que fosse o casal de migrantes que moram aqui, fiz negócio com eles. Mas eles não têm jeito de quem faz bruxaria. E, além disso, só moravam em dois, o casal.

— Pois é, deve ser uma denúncia errada — Gonçalves insistiu.

— Mas eles afirmaram que foram na casa deles e viram indícios de bruxaria. E era mesmo para lá.

— Senhor Rudolf e senhora Valina? Não, não! Eles estão

nos ajudando com a leitura, o senhor sabe...

— Sim, eles estão ajudando vocês. É verdade — relembrou Virgulino.

— E Rudolf estava conosco ontem na caça. Não pode ser eles — Gonçalves falou.

José, sorrindo, apressou-se e falou: — Seu Gonçalves, o senhor não falou em pinga? — disfarçando para mudar o assunto.

— Pinga? — Virgulino falou animado.

Saíram sorrindo, para onde estava armado o moquém, conversando já outros assuntos.

José e Regi ficaram aliviados, o pai de Regi, ainda apreensivo, conversava com Virgulino para arrefecer o ambiente. Após a saída de Virgulino, foram novamente para o cajueiro e conversaram sobre o que ocorreu.

— Regi, é muito perigoso você se envolver nesse caso — falou o pai de Regi, preocupado.

— O senhor já tinha ouvido falar na inquisição?

O pai de Regi ficou sério.

— O senhor já ouviu alguém aqui falar sobre isso?

— Olhe, veja. Eu vou contar-lhe. Mas esse é um segredo. Nunca pensei que fosse um dia revelá-lo. Precisamos sair daqui, ninguém pode ouvir.

Adentraram a mata e sentaram-se na serrapilheira.

— O seu Virgulino... — disse Gonçalvez.

— Seu Virgulino? — falou Regi assustado. — O que tem ele?

— É fugitivo da inquisição!

José levou as mãos à boca, como quem não acreditasse no que estava ouvindo. — O festeiro?

— E por qual motivo foi perseguido, foi bruxaria? — perguntou Regi.

— Não. Era judeu.

— Judeu? — Regi falou surpreendido. — Como assim?

— Eles vieram para o Brasil há muito tempo, seus avós eram

holandeses e foram para a Capitania de Pernambuco. Nesse tempo, lutaram com os portugueses e dominaram o Brasil, me parece que por 20 anos. Ele contou que em vésperas do Natal foram avisados que os Portugueses voltariam a comandar Pernambuco. Os holandeses foram atacados pelos portugueses, até com canhões. Seu pai havia nascido nessa época, quando os holandeses teriam que deixar o Brasil. Sua avó, que estava grávida do pai do seu Virgulino, migrou para a capitania de São Vicente com seus filhos por terra, para não precisarem sair do Brasil e pela condição de sua avó. Acabaram por se converterem à fé católica, seguindo então os ensinamentos de Cristo e se tornaram novos cristãos. No movimento do ouro foram para as minas, trabalharam e acumularam riquezas e lá, por serem judeus, sofreram com a inquisição. Seu pai foi denunciado, preso e torturado, ele perdeu pessoas da família e por isso veio parar aqui, mudou seu nome e recomeçou.

— Eu nunca iria imaginar — Regi não se conteve e começou a chorar.

José, já encostado na árvore, não parava de chorar, lembrando também do quanto sua família foi agredida, injuriada até a morte sem nada ter feito.

Gonçalves olha pra eles com piedade. — Por isso nós preferimos ficar aqui, nesse lugar que Deus nos colocou, pois dessa terra, desse chão tiramos nosso alimento, que, meu filho, é tudo de que precisamos.

— Será, meu pai?

— O quê? Você prefere sofrer, morrer por causa de riquezas? Eles saíram do seu lugar e vieram para cá. Poderiam estar muito bem em suas terras.

— Mas eles vieram desbravar também, acho que não foi só atrás de riqueza, também existe a emoção do novo, de um saber novo, de uma nova terra.

— Meu filho, aqui já existiu muita guerra por causa de poder, de quererem mais do que já têm. Eu não deixo minha paz por nada.

— Sim, meu pai, entendo que vivemos em paz aqui. Mas tem

pessoas que desejam mais.

— Você, não é, Regi? Não está satisfeito com a sua vida. Toda essa grandeza, essa abundância que temos aqui. Agradeça, Regi.

— Eu agradeço, meu pai. O grande espírito sabe disso. Mas eu acho que posso ter mais e por isso quero aprender a ler.

— Eu sei, meu filho, a leitura é muito boa para nós. Quero muito que você consiga, se isso lhe faz feliz.

José, que já havia saído do seu momento de sofrimento, foi levado a prestar atenção na conversa de pai e filho.

— Eu gostaria muito de ter meus pais aqui nesse lugar, com essa liberdade de viver, de somente viver. Caçar na mata e comer o que caçar, tomar banho de rio, pegar coco no pé, colher fruta e até leite tomar. Era tudo o que eu queria. — José falou emocionado.

Os dois se olharam e perceberam que alí existia uma prova viva da dor e do sofrimento.

— Meu irmão...

José olhou choroso e chorou ainda mais. — Eu vou ficar aqui!

— Fique, José, você precisa desaguar. — falou Gonçalves.

Saíram os dois em silêncio e compenetrados em seus pensamentos.

— Vamos ajudá-los, não podemos permitir mais tanto sofrimento. Acho que podemos conversar com seu Virgulino, ele vai saber nos ajudar, pois tem muita experiência.

Ao sol se pôr, pegaram o candieiro e seguiram para a casa de Virgulino.

Assustado com a supresa Virgulino saiu para recebê-los.

— Gonçalves, o que aconteceu? Acharam os procurados?

— Não, Virgulino. Viemos aqui pedir apoio, mas precisamos de segredo.

— O que aconteceu? Me conte, Gonçalves.

Se afastaram para o lado em que Virgulino havia feito para festejar a festa do Divino a alguns metros da sua casa, onde foi explicado o que havia acontecido.

— E por isso, Virgulino, vim aqui e precisei contar a Regi e José sua história, que desde já peço perdão por quebrar minha promessa.

— Gonçalves, por nada quero ver alguém sofrer como meu pai. Precisamos muito ajudá-los.

Capítulo 13

Memórias

Ao amanhecer, os quatro subiram a serra. José coletou frutas e levou para o casal. Depois de duas horas de caminhada chegaram à caverna.

— Rudolf, e agora? — Valina falou assustada quando viu tantas pessoas subindo a trilha. — Quatro pessoas com Regi. Será que vieram nos pegar?

— Não pode ser, Regi não faria isso.

— Senhor Rudolf, senhora Valina, como vão? — Gonçalves saudou o casal como quem desse os pêsames pelo que estava acontecendo. Todos se cumprimentaram e Regi começou a falar.

— Eu precisei contar a meu pai o que estava acontecendo, pois ele tem mais experiência quanto à saída daqui para outros lugares. Ontem o padre e dois comissários estavam na vila quando cheguei, eu testemunhei e o escrivão registrou que três pessoas, duas mulheres e um homem haviam passado a cavalo para os lados da vila de Santos.

Valina e Rudolf ouviam atentos à explicação.

— Sim — falou Gonçalves. — Regi fez esse testemunho e me contou o que está acontecendo. — O casal olhou para seu Virgulino ao mesmo tempo, sem entender porque ele também estava ali. — E quando Regi me contou, eu não pude deixar de lembrar de algo que aconteceu com um amigo, que passou por um problema parecido e conseguiu... — Gonçalves pensou no que ia falar, mas continuou. — Sobreviver e está bem.

Estavam todos tensos naquele momento.

— Seu Virgulino, o senhor pode contar para eles? — Gonçalves apontou para Virgulino continuar com a conversa.

— Sim, meu amigo. Primeiro quero dizer que eu sinto muito pelo que está acontecendo e sei que vocês não fizeram nada para serem culpados. A história que vou contar me traz muita tristeza e, como falei pra Gonçalves, ela é para ficar em segredo e só estou falando sobre esse assunto novamente por saber da importância de ajudá-los.

Rudolf, atônito, falou para todos: — Podem confiar em nós, por favor.

— Tudo bem. Irei confiar. — Virgulino deu uma pausa, pegou um galho que estava no chão, começou a riscar a areia e contar sua história. — Bem, minha família veio para o Brasil há muitos anos atrás, vieram da Holanda e seguiam a lei judaica. Chegaram aqui em uma embarcação que foi para a capitania de Pernambuco, viveram alguns anos e depois que os portugueses retomaram o poder não retornaram à Holanda. Isso aconteceu em 1654, existia um acordo entre Holanda e Portugal de não aplicar a inquisição aos judeus holandeses, no entanto, minha avó estava grávida e pediu a meu avô para não fazerem a viagem, já era seu oitavo filho e ela não queria correr risco no mar. Nesse período, os holandeses determinaram que tinham três meses para saíram do Brasil. Eles fugiram por terra para a capitania de São Vicente, meu pai nasceu na estrada, no caminho, fugiram com o dinheiro que conseguiram arrecadar das pessoas as quais faziam negócios. Foram para a Vila de São Paulo de Piratininga, viveram muitos anos lá, meus pais casaram-se na vila, minha mãe também era descendente de judeus de Portugal que haviam vindo pra cá, como única forma de sobreviverem, ou se convertiam ou morriam, vieram em busca de liberdade. Após casarem-se foram para a capitania do Rio de Janeiro, junto com meu tio, que é o pai da minha esposa. Para nos conservarmos judeus acabávamos por casar com pessoas da própria família. Nossa família se instalou no Rio de Janeiro, meu pai e meu tio mercadores acabaram por prosperar. Os outros irmãos e irmãs foram todos para as minas. Meu pai continuava seguindo o judaísmo fortemente, se recusava a participar de missas e festas católicas. Alguns judeus perceberam e se comunicaram com meu pai e começaram a se encontrar em segredo, eles combinavam os encontros usando códigos. Um dia o código era usar alguma coisa amarrada no punho, como um pedaço de pano, uma corda, e nesse dia meu pai pegou uma camisa que já estava gasta, com furos, bem velha, rasgou e amarrou no braço.

Alguém denunciou! Criamos muitos laços de amizade, mas o comércio, por outro lado, trazia inimigos, e meu pai dizia que só confiassem se fosse judeu. E por causa disso houve a denúncia e um dos nossos companheiros foi preso. A partir daí começou o terror.

Virgulino contava a história sem parar e com muita seriedade no rosto. Todos continuavam ansiosos por ouvir e ao mesmo tempo apreensivos.

— Meu pai também foi preso e levado para Portugal, no ano de 1704. Existia um acordo antigo entre os portugueses e holandeses que a inquisição não agiria sobre holandeses, somente àqueles que foram batizados católicos e depois passaram a ser judeus, mas como meu pai falava português, nascera aqui, ele foi preso, achamos que para depor, mas...

— Nós sentimos muito, seu Virgulino — Valina expressava tristeza e desalento.

Virgulino, ao passo que contava a história, aumentava sua indignação.

— Meu tio ainda era solteiro. Antes de qualquer coisa, fugimos. Minha mãe, cinco filhos e meu tio. Tudo o que eles tinham ficaram lá — Virgulino parou por um momento, olhou para todos e baixou o tom de voz — a propriedade, os escravos...

José se remexeu onde estava, ficou ofegante, incomodado. Virgulino continuou. O momento estava angustiante para todos. Valina falou:

— É verdade que qualquer religioso faz o papel de

inquisidor, seja padre, bispo, todos são vigias, todos fazem denúncias e aqueles escrivãos, não sei o que tanto escrevem.

— O que aconteceu a seu pai, seu Virgulino? — José perguntou muito sério.

— Ele foi dado como louco e depois... depois se matou — Virgulino falou com profunda tristeza. E depois começou a andar e falar alto. — Nunca se soube o que aconteceu com ele. Meu pai não era louco, ele era astuto, sabia trabalhar, fazer negócios. Meu avô ensinou a ele o que precisava para vencer. Ele prosperou sozinho com meu tio, era letrado, observador, ele não merecia — Virgulino oscilava em um discurso de revolta e tristeza. — Tivemos que fugir para as minas, lá foi outro tormento, pois não podíamos mais deixar pistas, quem éramos, o que fazíamos, até as palavras que falávamos tínhamos que medir para não sermos pegos, torturados, presos. Nós temos certeza de que nosso pai foi torturado, e de tanto sofrimento ficou louco. Meu pai não entregaria ninguém. Ele decidiu continuar sendo judeu, ele decidiu nos ensinar seus costumes e nós temos certeza de que ele não deletou quem quer que fosse, por honra, honra a seu sangue e sua família.

Valina, Rudolf, José, Regi e Gonçalves estavam todos em lágrimas.

— Nas minas, não foi nada fácil. Os irmãos do meu pai que haviam ido para lá, se instalaram próximo ao rio Paraíba, no sertão. Demoramos para encontrá-los, quase um ano. Passamos a morar com eles e minha mãe, sem notícias do meu pai, ficou cada vez mais triste e morreu anos depois, de tristeza. Logo depois ocorreu um conflito, em 1708 todos que alí estavam iam participar, eles queriam a terra, pois chegaram primeiro, queriam o direito de explorar a terra, o ouro. Eram escopetas de três palmos e meio, de quatro a seis e meio palmos, flexaria, soquetes. Eu fugi! Fugi com minha prima e depois nos casamos. Eu não tive coragem, eu fugi, fugi de novo e por isso vim parar aqui. Minha vida foi fugir. Eu não honrei o que meu pai fez. Eu não consegui!

— Sua história não é diferente da minha, homem — José

levantou admirado. — Você foge para viver, para sobreviver. Não se culpe. Eles quiseram tirar sua dignidade, a do seu pai e de todos vocês que só desejavam a liberdade. Assim como eu e os meus. Ficamos ainda com medo, você e eu, de sermos pegos. Você, irmão, consegue ainda se disfarçar, por sua cor, pode chegar em qualquer lugar. Mas eu, ah, eu não! Não tenho como me disfarçar e nem quero. Eu tenho mesmo é que encarar todos que me olham com desdém, como se fossem melhores que eu. Eu até achei que era mesmo diferente, que faltava algo em mim, que me deixava tão... tão inferior. Até hoje não consigo entender tudo o que aconteceu com minha família. Negro também sente, ama sua família, negro é gente.

Um silêncio total tomou conta do grupo. Nada que falassem poderia amenizar o que José sentia. Virgulino, confuso, falou:

— José, que bom que você está livre agora.

— Estou, eu estou, mas não apaga o que aconteceu e o que ainda acontece. Assim como com você e os seus.

— Realmente, José. Um desastre! Tudo!

— Completo — José afirmou.

— José, eu sei que não posso apagar o que já aconteceu. Eu sinto verdadeiramente. Principalmente agora, aqui com você — Virgulino adicionou.

— Precisamos pensar em como acabar com essas injustiças — Regi se colocou.

— O mundo é injusto, meu filho. Não vamos nos iludir — Gonçalves advertiu Regi.

— É muito injusto. Mas vamos pensar no agora, como vamos fazer pra evitar essa injustiça que está acontecendo com senhora Valina e senhor Rudolf? Temos como evitar mesmo? — José perguntou.

— Sim, vamos fazer o possível — Regi fala entusiasmado.

— Eu estou tão preocupada que não consigo pensar em uma solução — Valina falou explanando seus sentimentos.

— E eu só vejo uma solução. FUGIR! — Gargalhou

Virgulino. — Não posso negar, é algo que sei fazer muito bem.

O clima pesado se dissipou e junto com Virgulino também sorriram. Virgulino continuou:

— Veja, se eles já têm notícias de vocês aqui, devem voltar. Eu já fui para tantos lugares, parece que somos sempre perseguidos. Quando os portugueses expulsaram os holandeses, que foi quando meu avô fugiu, eles disponibilizaram embarcações para eles irem embora. Não sei bem o que houve, mas tivemos notícias que existem holandeses judeus que partiram do Brasil e foram para um lugar chamado Nova Holanda, ao norte. Vocês podem ir para lá. Podemos conversar com Salvador, que também é judeu, e ele orienta quanto às embarcações, como se faz para chegar lá.

— Eu não consigo saber como podemos fazer isso. — Valina falou respirando fundo.

— Seu Virgulino, nossa filha está no caminho para cá. Estamos com muito medo de ela ser pega. Só tem 18 anos, é muito jovem, ainda é uma menina, ingênua — Rudolf explicou aprensivo.

— De onde ela está vindo? — Virgulino perguntou.

— Do Rio de janeiro, pela estrada que vai dar em Nossa Senhora dos Remédios de Paraty.

— Como ela virá?

— Não sabemos. Ela está com um valor que possibilita chegar até nós, pagando o transporte por terra, a cavalo. Ela está com pessoas de nossa confiança, farão o melhor para ela retornar até nós.

— Então, alguém precisa ir a Paraty saber notícias dela.

— Talvez Salvador tenha recebido alguma carta dela, ou até tenha alguma notícia. Eu pensei em ir atrás dela, Regi acha perigoso — Rudolf informou.

— Sim, é muito perigoso, pois está tudo muito recente e Paraty é o melhor caminho para sair dessa região. Vocês aqui estão seguros. Você poderia ir, Regi, com José? — Virgulino sugeriu.

— Eu não volto naquelas terras, seu Virgulino — José falou, resolvido. — Perdão, dona Valina.

— Eu posso ir, seu Virgulino. Irei, me informo com seu

Salvador e retorno, mas ainda temos que saber quando o barco irá sair daqui.

— Pra ir de barco, precisa de seis pessoas, não sei se estarão disponíveis para ir. Nessa época chuvosa, muitos reparos nas casas são feitos, plantios, precisamos nos informar — Gonçalves colocou a situação.

— Eu vou por terra. Levo um burro, pois se ela estiver lá, pode carregar o que ela traz — Regi solucionou.

Capítulo 14

Viagem

O sol ainda não havia nascido e Regi se preparava para ir a Paraty. José ficou responsável para contar a Luara o que estava acontecendo. A mãe e o pai de Regi o ajudaram a organizar a viagem.

Sua mãe disse:

— Regi, como não vai retornar hoje, coloquei aqui a carne que esturricou no moquém quando saíram pra ir na casa de seu Virgulino. Soquei no pilão e coloquei farinha, parece que estava adivinhando. Está muito boa, prove! — Vânia mostrou uma cumbuca de madeira coberta e amarrada em um pano.

— Minha mãe, obrigada! Provo assim que sentir fome, se comer agora, sou capaz de comer tudo. — Regi falou sorrindo e beijou sua mãe. — Minha avó dorme?

— Não, está lá atrás dando comida para as galinhas — respondeu a mãe.

Regi foi onde a avó estava e disse:

— Minha avó, vou em uma missão, reze por mim — pediu a benção à sua avó.

— Uma missão? E não é perigoso? — perguntou Lúcia.

— Não sei. Espero que não. Vou-me minha avó.

Saiu caminhando, puxando o burro, sorrindo e acenando.

O tempo estava bom, fazia sol, mas não estava quente. Regi se apressou a andar, para chegar a Paraty, levaria o dia inteiro. Seguiu na estrada, parando nos cursos dos rios para o burro beber água, enquanto isso ele descansava, admirando a mata e os pássaros que encontrava no caminho, no último curso de rio, banhou-se. Quando sentiu fome, parou, comeu, logo voltou a andar. Não encontrou nenhuma pessoa na estrada, apenas animais. Regi chegou a Paraty já era noite, carregando uma lamparina na mão. Seguiu para a casa de Salvador e viu que a frente da casa, que vivia repleta de pessoas, estava vazia e escura. Não quis chamar, amarrou o burro, olhou em volta, não viu ninguém, sentou-se em uma das pedras que estava na frente da casa, comeu o que sobrou do que sua mãe lhe dera, ali se acomodou próximo à porta e dormiu.

No raiar do dia, Regi, ainda sonolento, acordou com um solavanco, a porta abriu para dentro da casa e ele caiu ali mesmo. Era uma mulher, alta, forte, branca, cabelos presos, usava um vestido de tecido claro e estava nitidamente brava.

— O que faz aqui, senhor?

— Eu preciso falar com senhor Salvador. Regi, desconcertado, comunicou à jovem senhora.

— Quem deseja?

— Vim a pedido de um amigo, senhora — Regi lembrou-se rapidamente que não poderia falar com outra pessoa do que se tratava.

— Pode adiantar o assunto? Salvador não se encontra, senhor.

— Ele não está? Onde ele está, senhora? O que tenho para falar é muito importante.

— Sim, ele está em viagem para o Rio de Janeiro. Você deseja trabalho?

— Não, senhora. Vim a pedido de um amigo. A senhora recebe as cartas?

— Sim. Você está esperando alguma?

— Sim. Vim para pegar uma carta para o senhor Rudolf e senhora Valina.

— Rudolf e Valina? Onde eles estão?

Regi toma um susto com a pergunta e decide rapidamente o

que vai responder. — Eu não sei, senhora.

— E como posso lhe entregar uma carta deles se você nao sabe onde eles estão? Vamos, me fale, onde eles estão?

— Eu vim para pegar a filha deles, Alécia.

— E para onde vai levá-la, se não sabe onde eles estão?

— Ela está aqui? Ela chegou?

— Não sei até que ponto posso confiar no senhor.

— Pode confiar em mim, eu realmente vim para pegá-la. Eu trouxe uma carta para ela, para que ela possa saber que pode ir comigo em segurança.

— Segurança? Nos dias de hoje? Não se tem segurança, senhor, apenas perigo. Vejo a bruma aonde for! Onde está a carta?

— Só posso entregar para ela, senhora.

— Vou chamá-la — Entrou rapidamente e subiu uma escada em espiral que ficava no final do armazém.

Regi estava nervoso, não conseguiu comer as frutas que colhera no caminho, somente esperou.

— Senhor? — a senhora chamou Regi.

— Sim, senhora. — Regi levantou-se rapidamente e ainda um pouco tonto, viu que agora duas mulheres o olhavam.

— Você veio me buscar, senhor?

— Sim. — Regi falou embaraçado. — És filha do senhor Rudolf?

— Sim, senhor. Trouxeste uma carta deles?

Regi pegou ligeiramente a carta da sua bolsa e entregou a ela.

— Aqui está, senhora.

Enquanto ela lia, Regi observou-a, ela tinha o cabelo vermelho, comprido, os olhos verdes, vestia um vestido na cor verde claro, com muitas rendas na gola, mangas compridas, calçava meias brancas e um sapato de couro, que a deixava mais alta. Também estava com o cabelo preso, só que usava uma trança bem feita, que pegava todo o seu cabelo, ao final havia uma cordinha verde que o pendia.

Alécia sentou-se no batente da porta, enquanto terminava de ler, estava nitidamente triste ao término da leitura.

— Ó, senhora Lourdes! — Alécia começou a chorar, abraçando-a.

— O que houve, Alécia? — Lourdes abraçou-a preocupada.

— Meus pais estão a fugir novamente! Eu que pensei que haviam encontrado seu pouso, estavam bem, felizes!

— O que está acontecendo? Me conte, estou nervosa. O que está escondendo, senhor?

— Precisamos sair daqui. Vamos entrar — Alécia fez sinal para os dois entrarem na casa.

— Venha, senhor, entre! — Lourdes chamou.

Os três entraram e foram para a mesma sala em que Salvador recebeu Regi anteriormente. Regi observou que Alécia contava os detalhes da carta para a senhora Lourdes, então sentiu-se à vontade e contou toda a história para as duas. Passaram um longo tempo conversando. As pessoas começaram a chegar na casa para resolverem assuntos com Salvador, sobre seus negócios.

Lourdes falou resolvida:

— Querida, a viagem para onde seus pais estão é muito longa. Vocês não podem partir hoje. Devem dormir aqui e sair amanhã cedo.

Regi explicou como fez o trajeto, quanto tempo levou.

— Pobre rapaz, dormiu na calçada. Irá te servir como experiência — disfarçou Lourdes com o comentário.

— Eu estava tão cansado que não me importei — Regi falou.

— Hoje você descansa conosco. Precisamos pensar em como será a viagem. Onde irão parar para descansar, o que irão levar para comer. Mandarei um ajudante para levá-los a cavalo, não irão fazer todo esse trajeto a pé.

— Quanta gentileza, senhora Lourdes — Alécia falou agradecida.

— Eu trouxe o burro pra poder levar o que trouxe — Regi explicou.

— Sim, fico grata. Irá ajudar, pois está tudo muito pesado — Alécia sorriu.

— Alécia, aqui está a carta que você mandou e sua mãe não chegou a receber — Lourdes entregou o envelope a Alécia, apertando suas mãos fortemente. Alécia, surpresa, viu que o envelope estava rasurado.

— Querida, sinto muito. Queria muito ter notícias de vocês e não consegui — Lourdes se explicou.

— Não poderia ter feito isso! — Alécia falou com seriedade.

— Querida, eu estava preocupada. Não sabia onde estavam. Sinto falta da sua mãe.

Alécia ficou aparentemente nervosa, começou a andar de um lado para o outro da sala, repetindo: — Como pôde?! Aqui não fazem entregas de cartas? Então não se pode confiar no serviço! Devem olhar as cartas de todos que confiam em vocês.

— Não! Entenda-me, não tive a intenção de...

— Vamos embora. Eu não ficarei mais aqui — Alécia saiu rapidamente da sala, passou pelas pessoas que estavam aguardando e subiu as escadas. Regi ficou imóvel, sentado, olhando a cena.

— Vamos, senhor! — gritou Lourdes para Regi.

— O que eu faço? — perguntou Regi, confuso.

— Vamos atrás dela. Não pode ficar assim comigo. Tenho muito apreço por sua mãe! — falou em desespero. Puxou Regi pelo braço e subiram a escada atrás de Alécia.

— Espere aqui, irei ver onde ela está.

Regi ficou parado, encostado na parede, incomodado. Resolveu descer as escadas e esperar do lado de fora. Alimentou o burro e sentou-se para esperar. Pouco tempo depois, saíram dois escravos da porta com três caixotes. Alécia veio em seguida andando apressadamente, enquanto Lourdes tentava convencê-la a ficar.

— Vamos, estou pronta, senhor.

— Onde estão os cavalos, senhora?

— Não vamos a cavalo — Alécia falou convencida e

orgulhosa.

— A senhora tem certeza? — Regi perguntou cuidadoso.

— Sim! Vamos! Podem colocar aqui, no burro — Alécia acenou para os trabalhadores onde colocar os caixotes.

— Não temos como levar todos os caixotes. São pesados, o animal não aguentará a viagem.

— Como não? Conseguirá. Eu não posso deixar minhas coisas aqui nesta casa. Não teria como confiar — Alécia apontou para Lourdes.

— Não dará certo, senhora — Regi insistiu.

— Então levarei eu mesma — pegou seu lenço que estava no cabelo, amarrou no suporte do caixote e saiu arrastando no barro. — Vamos, eu mesma posso levar.

Regi olhou a cena sem saber como resolver. — Bem, senhora. Iremos assim mesmo. Obrigada por sua atenção — Regi falou para Lourdes e se foram.

— Que Santa Rita os acompanhem! — acenava Lourdes para os dois.

Regi e Alécia seguiram para a saída da vila.

— Se tivesse vindo de barco, chegaríamos mais rápido, mas a pé levará muito tempo.

— Por que não veio de barco?

— Precisaria de muitas pessoas e há muito o que fazer na vila. Prometi que viria logo, como falei, ficamos com medo de você chegar na casa de seus pais e encontrar a casa abandonada.

— Fico muito grata por ter vindo.

— Eu não poderia fazer diferente.

— E por que fez esse sacrifício por meus pais e por mim, sem ao menos me conhecer?

— Não foi sacrifício, nós vivemos para ajudar uns aos outros — Regi falou satisfeito.

— Que bom, de onde venho não se age assim. As pessoas vivem para maltratar os outros — Alécia, com ar de revolta, continuou: — Eu só estou aqui, neste momento com você, porque os meus pais confiaram em vir aqui, e por toda a situação delicada que eles se encontram. Caso contrário, jamais estaria aqui sozinha com um homem sem conhecê-lo. Ainda mais com o que acabei de presenciar, uma mulher lendo a carta de outra mulher, sabendo que pode conter coisas que não podem ser reveladas. Ela não poderia ter lido minha correspondência. Eu não a perdoarei. Contarei a meus pais e eles irão saber quem são as pessoas que podem confiar.

— Seus pais confiam muito em seu Salvador.

— Confiavam, pois a partir de agora não poderão mais.

— Você lê muito rápido, não é? Vi como leu rápido a carta de sua mãe.

— Como assim? Você não sabe ler?

Regi sorriu timidamente e um pouco orgulhoso de si. — Leio! Mas ainda pouco. Não tão rápido, sabe? Na verdade, sua mãe estava me ensinando e aprendi sem dificuldades.

Alécia balançou a cabeça admirada com a revelação de que sua mãe estava ensinando a Regi.

— Minha mãe estava lhe ensinando? Ela é professora agora?

— Sim. Ensinando a várias pessoas da vila. A mim, Luara, Jacira, Graça, Mayara e José. Mas José não quer aprender.

— Não? Por quê?

— Coisas dele. Não quer. Sofreu muito, pois foi escravizado, perdeu o gosto.

— Ele é um escravo?

— Foi. Conseguiu sua liberdade.

— Onde eu estava não podia ser amiga de nenhuma escrava. Mas eu passava o dia com elas, nos divertíamos escondidas — Alécia falou com amorosidade.

— Onde você estava? Por que se separou dos seus pais?

— Fui para o Rio de Janeiro e fiquei na casa de um casal de irmãos, já velhos, que são amigos das pessoas que nos acolheram em Portugal. Quando minha mãe precisou fugir, eles acharam mais seguro eu ficar escondida lá.

— Você é corajosa!

Alécia parou de andar, abaixou a cabeça e disse:

— Eu nunca deveria ter ido.

— Agora está voltando para seus pais.

— Sim, mas tem coisas que nunca deveriam acontecer — Alécia parou diante de Regi e disse: — Está muito pesado, eu já estou cansada de carregar o caixote.

— O que você acha de deixarmos ele aqui? Nós podemos escondê-lo e depois vir pegar?

— Quando chegaremos lá?

— Precisaremos dormir na estrada!

— Meu Deus, tudo o que eu não queria.

— Se viéssemos a cavalo, chegaríamos mais rápido.

— Não, não tem problema, eu nunca aceitaria aqueles cavalos.

— Você está certa, ela não deveria ter lido sua carta.

— Sim, não deveria. Se eu pudesse eu nunca teria conhecido a senhora Lourdes. Como estou com raiva dela.

— Vamos resolver. Você quer abrir os caixotes para escolher o que quer levar?

— Eu não posso acreditar que irei fazer isso. Tudo o que tem aqui é importante. O mais pesados são os livros, já estão no burro.

— Livros? Você traz livros? De quê?

— Sim, são meus e dos meus pais. Tem muita coisa aqui. Nesse caixote estão minhas roupas e, no outro, o menor, que está no burro, há coisas importantes que não posso deixar também.

— O que tem nele?

Alécia aparentou nervosismo.

— Não se preocupe, vamos deixar o das roupas.

— Aquele é o menor, mas é o mais pesado. Você quer abrir o caixote menor e colocar algumas roupas nele ou no dos livros?

— Não, não. Vou pegar algumas roupas e cobertores e trocar por alguns livros.

— Vai deixar os livros?

— Não quero deixar! — Alécia estava confusa e nervosa.

Abriu a mala de roupas, tirou um cobertor, um vestido, algumas outras peças menores, dobrou-as e prendeu por baixo de um dos caixotes. — Pronto, agora podemos ir.

— Vamos esconder o caixote mais pra dentro da mata — Regi suspendeu o caixote e foi andando mais para dentro da floresta.

— Espere! Vou pegar um outro sapato, com esse não conseguirei ir muito longe.

— Tem razão — Regi sorriu com a forma de Alécia se expressar. — Vamos por aqui, deixaremos ele bem escondido, se tivermos sorte, depois pegaremos ele novamente.

Depois dos ajustes, seguiram pela mesma estrada que Regi havia chegado a Paraty.

— Tem uma cachoeira para esse lado — Regi apontou para o lado esquerdo da estrada. — Mas fica muito longe.

— Tem cachoeira?

— Sim, temos o que há de melhor — Regi contou com orgulho. — Um mar a frente, a floresta rica atrás e rios e cachoeiras, e o mais importante, um povo alegre e acolhedor.

— Obrigada por acolherem os meus — Alécia disse com comoção.

Fizeram o caminho entre silêncios e perguntas, o sol estava alto quando Regi falou:

— Veja! Um macuco! Se estivéssemos preparados, pegava para comer. Mas eu não trouxe nada. Vamos, aqui tem cambuci. Vou pegar.

— O que é cambuci?

— Essa fruta. Talvez ache diferente, se nunca comeu, mas vai ajudar a parar a fome.

Regi colheu, cortou e entregou a Alécia, que provou curiosa.

— Muito diferente, não parece com nada do que comi até hoje. Não está tão madura.

— Sim, não estão, mas vou colher pra comermos no caminho. Nem sei como será essa noite, estamos despreparados. Tem uma jussara aqui.

— Jussara?

— Sim, uma palmeira. Vai demorar um pouco, mas vou extrair o palmito dela.

Regi passou o facão no tronco da palmeira e começou a retirar sua casca chegando até o palmito. Cortou em pequenos pedaços e guardou — Vamos seguindo, já passamos muito tempo aqui.

Seguiram pela estrada e quando o sol estava próximo a se pôr, decidiram parar para passar a noite ali, próximo à estrada, embaixo de um carvalho. Alécia e Regi conversavam sobre seus costumes, o que mais gostavam, as distâncias foram diminuindo, visto que só existiam os dois ali.

— Eu não acredito que vou dormir na estrada novamente! — Alécia gargalhou para Regi.

— Ah, você está acostumada?

— Não com estranhos — sorriu novamente. — Regi, você é tão diferente da maioria dos homens.

Regi ficou incomodado com a fala de Alécia.

— É — não teve coragem de perguntar o motivo de ela achá-lo diferente.

— Acho que porque é ainda jovem. Os homens são cruéis, não me deparei ainda com um que pudesse passar despecebida. Sempre querem tirar proveito das situações.

Regi estava nervoso. Agora não saberia como agir, mas falou:

— Eu estou me sentindo a vontade com você, mas às vezes fico sem saber o que falar por você ser tão diferente de mim.

— Somos diferentes, mas somos iguais. O que você quer da vida?

— Eu? O que eu quero da vida? Ah, sei lá! Eu gosto da minha vida.

— É? Por quê?

— Ah, não sei. Eu só gosto. Não reclamo de nada. Gosto do meu trabalho, tento fazer o melhor, ajudar sempre as pessoas, eu apesar de sonhador sou alguém que gosta da vida que tem.

— E qual seu sonho?

Regi um pouco desconfortável falou rapidamente — Aprender a ler.

— E você já não sabe? Me fala outro sonho, um maior, exagerado, que ultrapasse mais barreiras do ser. Esse aí você já conquistou.

Regi sorriu feliz por ter conquistado seu sonho sem nem saber — Realmente eu já sei ler — continuou sorrindo com Alécia — Agora posso mesmo ter outro sonho. Mas acho que continuo com o sonho de ler muito e pensar a partir do que leio.

— Sei, interpretar.

— É, interpretar — os dois estavam se divertindo com a conversa — E o seu, qual é?

— Ir embora desse lugar — Alécia falou decidida.

— Embora daqui? Mas, por quê? — Regi sentiu uma dorzinha no peito, como uma falta do que nem viveu.

— Desde que chegamos ao Brasil não tivemos sossego. Eu estou cansada. Nunca tive sossego, nas minhas lembranças, estamos sempre para um lado e para outro correndo de um fantasma que às vezes acho até que ele nem existe, a inquisição.

— Pois é, muito ruim o que está acontecendo.

— Mas me diga, Regi, como as próprias pessoas que falam de Deus querem matar em nome dele? Perseguir pessoas que só querem ser elas mesmas.

— Sabe do que tenho mais medo?

— De quê?

— Da minha vida mudar. Porque gosto dela, sabe? Mas, ao mesmo tempo, quero explorar outros lugares, assim como vocês.

— Talvez se eu estivesse ainda na Suíça, e nunca tivesse saído de lá, eu pensasse como você. Mas hoje, tudo o que eu quero é o colo da minha avó, é brincar com minhas primas, é ser feliz como eu era lá atrás, longe de pessoas más.

— Por que fala em pessoas más? Fizeram algo com você que

te deixou triste?

Alécia se fechou, seu semblante ficou triste. Regi percebeu.

— Ainda bem que está indo para perto dos seus pais. Fico feliz por isso. Vamos dormir.

— Vamos. Regi, não é perigoso aparecer alguém aqui?

— Não sei, acho que não. A viagem toda não encontramos ninguém, nem quando eu vim sozinho, o dia inteiro. Não vai acontecer nada. Vamos mais para esse lado, fica mais escondido.

— E os animais?

— Não irão aparecer aqui. Eles têm o que comer. Vamos apagar a lamparina e acender uma fogueira — Alécia colocou suas peças de roupa no chão, deitou em cima delas e se cobriu com o cobertor. Na madrugada, Regi estava encolhido com frio, ela abriu o lençol e estendeu para cobrí-lo também.

Saem os primeiros raios de sol. Regi, ainda dormindo, sente algo tocando seus lábios. Ficou ainda de olhos fechados, as lambidas foram aumentando, se tornando mais intensas, Regi abriu os olhos lentamente e gritou.

— Um veado mateiro! — Regi salta rapidamente e o veado corre assustado. Alécia assustada grita nervosa com a surpresa.

— Meu coração vai sair pela boca. Ainda bem que ele foi embora — Alécia falou com falta de ar.

— Ainda bem que não era uma onça.

— Onça? Não, onça não!

— Vamos. Vamos pegar a estrada — Regi se apressou — Tem um riacho logo ali em frente, podemos beber água e nos banharmos também.

— E se tiver uma onça bebendo água? Já fico em desespero! Era pra eu ter aceitado aqueles cavalos!

— Não vamos pensar em coisas ruins, para não acontecer.

— Vamos confiar. Meu pai sempre fala isso. Mas não confio, não — Alécia saiu apressada, juntando suas roupas.

— Você me cobriu, obrigada!

— Você estava igual um novelo de lã.

— Igual ao o quê?

— Um novelo de lã.

Regi acenou com a cabeça, disfarçou que sabia o que era, e pegou o burro para seguirem. No rio, Regi se jogou e tomou banho. Enquanto ele estava na água, Alécia foi para atrás de uma árvore e trocou o vestido sujo de terra.

— Você não vai entrar? — Regi perguntou ainda na água.

— Não, não vou — Alécia gritou de onde estava.

— Então, vou sair para irmos. Mas vou do outro lado pegar caju, o pé está cheio — Regi falou sorrindo.

— Tudo bem — Alécia sentou e observou Regi.

— Você é realmente filho da terra, sabe viver nesse lugar.

— Aqui é meu lugar, não troco por nada. Mas, às vezes, quero ir para outros lugares. Sei que posso ter bons momentos também em outros.

Regi foi pegar o burro e Alécia perguntou:

— Você não vai trocar a roupa?

Regi olhou para a roupa que estava usando, usava uma calça e camisa de algodão, havia levantado a calça até o joelho para tomar banho de rio. — Não, ela seca assim mesmo!

Alécia não entendeu. Decidiram seguir. Era quase noite, chegaram próximos à vila.

— Agora temos mais duas horas de caminhada subindo a serra — Regi explicou.

— Que bom que chegamos! Estou tão cansada, ainda falta tanto!

— Eu poderia dar alguma outra sugestão, mas não acho seguro.

— Vamos, vamos seguir, está muito perto. Alécia sorriu e iniciaram o caminho para subir a Serra do Mar.

Capítulo 15

Encontro

Ao chegarem na caverna, Rudolf e Valina estavam próximos ao fogo, estavam se organizando para a noite.

Alécia, entre as árvores, conseguiu enxergar o movimento da mãe, depois do pai, correu em direção aos dois com ansiedade, em lágrimas gritou:

— Mamãe, mamãe! Papai! — dirigiu-se em direção aos dois.

— Não posso acreditar! — abraçou-os chorando sem pausa.

Valina, surpresa pela filha já estar em seus braços, também não se conteve. — Alécia, eu não acredito. Minha filha, como senti sua falta!

As duas abraçaram-se em uma emoção sem fim. Rudolf se uniu a elas em um abraço apertado, também em lágrimas.

Regi olhava a cena emocionado, feliz por ter contribuído com aquele encontro. Amarrou o burro e foi saldar o casal.

— Regi, meu filho, como somos gratos por ter trazido nossa Alécia — Valina falou emocionada, abraçando Regi com carinho.

— Muito obrigada, Regi. Não sabemos o que seria de nós sem você, sem sua ajuda. Temos uma dívida com você, rapaz — Rudolf acrescentou o elogio.

— Deu tudo certo! — Regi falou com satisfação.

— Venham, sentem-se. Devem estar famintos e muito cansados. Contem-nos como foi a viagem. Eu estou curiosa.

Rudolf e Regi foram retirando os caixotes do burro, liberando o peso do animal enquanto se organizavam para comer a mandioca cozida com carne de veado que estavam preparando.

Sentaram animados ao redor da fogueira e começaram a contar sobre a viagem.

— E quase fomos devorados por um veado mateiro — Alécia falou gargalhando.

— Ele nunca iria nos atacar, tem mesmo medo de nós, correu assustado — Regi sorriu com o exagero de Alécia.

— Logo isso vai passar, minha filha. Estaremos seguros dessas feras novamente — Rudolf brincou com a filha, emocionado.

Regi observou que Rudolf sorria, feliz por estar com a filha novamente.

— Conte-me sobre o senhor e a senhora Oliveira, como eles estão? — Valina perguntou à filha.

Alécia rapidamente mudou a feição e disse — Mamãe, amanhã eu conto. O que posso dizer é que continuam no mesmo lugar.

Valina sentiu que algo não estava bem, mas viu que Alécia não queria falar naquele momento. Passou o braço na filha e disse baixinho: — Está tudo bem, filha. Conversaremos amanhã.

Voltaram a falar sobre a viagem.

— Regi, seu pai e seu Virgulino foram pegar nossas roupas e nossos documentos e trouxeram para nós, além do material para ficarmos uns dias acampados.

Quando as emoções acalmaram, perceberam que era hora de descansar.

— Regi, você quer ficar conosco hoje? Você está cansado, poderia ficar conosco hoje, se não se incomodar. — Rudolf convidou Regi.

— Sim, estou cansado, amanhã ao amanhecer desço para a vila.

As mulheres ficaram dentro da caverna, enquanto Regi e Rudolf descansaram na saída desta. A noite seguiu tranquila.

■■

Regi estava ansioso para chegar em casa e contar para seu

pai e José que tudo havia dado certo. Antes de amanhecer o dia, sinalizou para Rudolf que iria descer a serra. Pegou o burro e foi para a vila. Chegando na vila, sentiu-se tranquilo, em paz, com uma sensação de que estava em seu lugar, seguro.

Sua avó, mãe do seu pai, estava na parte de trás da casa com sua mãe.

— Minha avó, minha mãe — Foi em direção as duas e as abraçou — Cheguei em paz! Está vendo minha avó, seu neto deu conta do serviço — Regi falou orgulhoso.

— Eu não tinha dúvidas, meu menino. Você é astuto! Mas você demorou...

— Sim, Regi. Por que demorou tanto a chegar? — A mãe de Regi, perguntou.

Regi contou rapidamente o que aconteceu às duas e perguntou: — Onde está meu pai e José?

— Saíram assim que o dia amanheceu — Vanda falou enquanto colhia cajus.

Regi saiu à procura dos dois.

— Espera, Regi — a mãe falou, mas ele saiu mesmo assim.

Logo encontrou os dois conversando com Luiz, um novo morador da vila. Foi ao encontro deles e chamou-os reservadamente. Regi contou sobre a viagem com poucos detalhes. Estava feliz de ter realizado o feito. Enquanto conversavam, Valente passou e os comprimentou.

— Regi, você anda sumido! Não o vejo mais nos trabalhos — Valente falou para Regi, que ficou desconcertado e surpreso.

— Eu estava em viagem, seu Valente — Regi justificou.

— Esqueceu de nos avisar — Valente retrucou. — Muito trabalho por aqui nessa época.

— Sim, eu sei. Mas precisei ir — Regi falou com seriedade.

— Bom, são suas escolhas — Valente falou e saiu sem se despedir.

Ficaram os três aturdidos com o acontecido.

— Não imaginei que seu Valente iria ficar chateado com

minha ausência.

— Também não entendi, mesmo com o movimento de reparos não faltou quem fizesse os serviços, e foram os que você mesmo ensinou que estavam trabalhando, Regi — José falou espantado.

— Sim, eu vi mesmo que estavam dando conta dos serviços — Gonçalves completou. — Viemos aqui para ver com seu Virgulino se tem boas notícias para Rudolf, mas ele não apareceu.

Eles notam que Valente está conversando com outras pessoas, gesticulando e olhando para eles.

— Ele deve estar falando de mim para os outros — Regi falou para seu pai e José.

— Não deve se preocupar com isso. Valente está estranho, não entendi por que fez isso. Sempre trabalhamos juntos! — Gonçalves acalmou Regi.

— Vamos subir, estou faminto e cansado, depois penso nisso — Regi chamou-os.

Capítulo 16

Solução concentrada

Valina acordou abraçando e beijando Alécia, estava feliz demais por estar com a filha novamente.

— Acorde, minha filha, sofri tanto com sua distância!

— Ah, mamãe, como é bom estar com vocês. Parece que estou a sonhar! — Alécia suspirou e disse: — Mas é certo que estou cansada e com muita fome.

— Eu estou com dores na barriga. Me sinto cansada! Mas vamos levantar para falar com seu pai, ele deve ter ido coletar frutas.

— Mamãe, tem coisas que quero contar-lhe que precisam ficar só entre nós.

— Querida, eu senti que você ficou incomodada ontem. Logo ficaremos sozinhas e você me conta tudo.

— Sim, mamãe. Preciso muito falar.

As duas saíram a procura de Rudolf que chegava com água e frutas.

— Papai! — gritou Alécia. — Parece que estou sonhando! — Correu e abraçou o pai. — O senhor está mais magro, eu percebi. Precisa comer mais! Vou preparar uma sobremesa saborosa com essas frutas e no meio vou colocar uma surpresa.

— Hum, estou ansioso!

Alécia sorriu com bom humor — Infelizmente, senhor, não teremos a sobremesa hoje, apenas a surpresa — Alécia colocou a mão no seu pescoço e puxou de dentro do vestido uma tira de couro curtido e junto com ela uma chave grande e dourada — Esta é a surpresa! Estamos ricos! — Alécia gritou sorrindo, animada em dar a notícia.

— Ricos? — Rudolf falou susurrando — Você quer dizer que encontrou? — Rudolf perguntou perplexo.

— Sim, encontrei e está bem ali — Alécia apontou para dentro da caverna e correu em direção a ela.

— Não me diga! Como conseguiu?! Você é mesmo muito parecida comigo — Rudolf falou animado.

— Nossa salvação! Não conseguiríamos sair daqui sem dinheiro — Valina disse aliviada.

— Vamos, quero ver! — Rudolf chamou.

Os três entraram na caverna, Alécia se dirigiu até o canto da caverna onde estavam seus baús. Apontou para o menor deles.

— Esse aqui. Pegue, papai — Entregou a chave a seu pai e falou animada. — Quero que veja logo!

Rudolf pegou o baú, colocou próximo às duas. Colocou cuidadosamente a chave e abriu. Os três sorriram, começaram a gargalhar sem parar, pularam de alegria. Rudolf gritou.

— Ouroooooo!

Abraçou Valina e Alécia e juntos continuaram a comemorar.

— Rudolf, não pode gritar assim, se alguém nos ouve? — Valina falou rapidamente para que ele não gritasse outra vez.

— Desculpe, querida. Eu não resisti! Eu realmente não esperava ver novamente. Trabalhamos tanto e recuperá-lo agora, neste momento, está sendo mesmo obra de Deus.

— É verdade, querido! Precisamos comemorar! Hoje iremos comer, mais uma vez, mandioca com carne de veado — Valina brincou, — Mas conte-nos, filha, como conseguiu recuperar?

— É uma longa história! Espero não esquecer nenhum detalhe — Alécia começou a contar a história já exausta. — Papai e mamãe, primeiro quero que saibam de algo — Valina e Rudolf se olharam apreensivos. — O senhor e a senhora Oliveira não são quem vocês estavam pensando. Eles realmente são pessoas respeitadas no Rio de Janeiro, principalmente devido à botica, mas eles não são pessoas de confiança, como achamos que fossem.

— O que aconteceu, minha filha? — Rudolf perguntou aflito. — O que eles fizeram com você? — falou aumentando o tom de voz.

— Calma, querido, deixe ela falar — Valina pediu.

— Eu não ia contar ao senhor, papai, mas acho melhor ficar sabendo também. Não seria justo! Nos primeiros meses que passei na casa deles, foi muito tranquilo. Eu estudava sozinha e sempre tinha uma escrava comigo, a Inês. Nós ficávamos juntas o dia inteiro, ela até dormia comigo. Depois uma professora começou a ir me ensinar em casa, senhora Iolanda. Nós passávamos a tarde na biblioteca e dona Iolanda começou a me contar coisas sobre o casal de irmãos, que achava estranho porque nenhum dos dois havia se casado e já estavam velhos. No entanto, Inês me contava que o senhor Oliveira se deitava com as outras escravas e que elas não gostavam dele. Todas tinham medo dele, mas eram obrigadas a se deitarem com ele.

Rudolf e Valina ficavam cada vez mais inquietos. Alécia continuou.

— Eu comecei a ir para a botica todas as manhãs para aprender a trabalhar com as ervas. Eles gostaram da ideia, inicialmente. Mas passados alguns meses que eu estava trabalhando, comecei a notar uma movimentação estranha. Pessoas entravam e saíam, como se estivessem se escondendo, principalmente mulheres. Elas tratavam sempre com a senhora Leonora. O meu erro foi quando comecei a fazer perguntas. Eu realmente fui invasiva. Um dia prestei atenção de onde vinha o líquido que a senhora Leonora costumava vender de forma secreta e quando fui pegar havia o nome escrito "água tófana", no entanto não estava escrito para qualquer um ver, estava com uma letra muito pequena na parte de baixo do vidro. O vidro estava pela metade e era de um litro. Não sabia o que era, mas fui procurar nos livros da botica e encontrei. No livro estava escrito "veneno constituído por uma solução concentrada de arsênio", depois fui procurar o que era arsênio, mas não consegui encontrar, mas estava claro que era um veneno e que eles comercializavam. Eu fiquei muito incomodada e, sabem bem, não consigo ocultar. Olhava sem disfarçar quando alguém entrava na salinha, como que em segredo, pois as pessoas frequentemente eram atendidas na parte da frente.

— Você tem certeza do que está dizendo, filha? — Rudolf questionou a filha.

— Papai, o que vou contar agora é bem pior do que isso. É melhor preparar-se!

Rudolf engoliu a saliva, sem ar, e disse: — Continue! — segurou as mãos de Valina com força.

Alécia continuou. — O senhor Oliveira percebeu, não sei bem como começou, mas ele percebeu que eu estava muito interessada nos livros sobre farmácia. Ele queria ficar me explicando os assuntos e eu, como já estava perturbada com o que estava vendo e sabendo sobre eles, não queria ficar próxima a ele, não queria ouvir o que ele tinha a dizer. A partir daí ele se irritou e iniciou com alguns convites nada agradáveis. Ele me chamava para passear, perguntava o que eu gostava de ganhar de presente e quando viu que eu me esquivava e saía de perto dele, foi avançando cada vez mais, até que ele tentou me abraçar sem o meu consentimento. Desse dia em diante deixei de ir à botica, ficando apenas com as aulas em casa. A senhora Leonora me perguntou porque eu havia deixado de ir à botica e eu, acreditando que poderia confiar nela, contei sobre o ocorrido, ao que ela disse que eu estava provocando o seu irmão.

— Filha, pode ir mais devagar? Eu acho que estou tonta — Valina estava nitidamente pálida. — E estou com um pouco de dor — Valina se acomodou mais próxima à Rudolf, que a abraçou.

— Ela pode continuar, Valina? — Rudolf perguntou.

— Sim, pode continuar — Valina respirou profundamente.

— Depois do dia que falou isso para mim, a senhora Leonora me ignorou. Eu ficava o tempo inteiro com Inês, era a única pessoa que eu conversava e que me apoiava. Depois que contei para Inês o que acontecera, ela me disse coisas horríveis sobre o casal de irmãos.

O senhor Oliveira, após dormir com as mulheres, escravas na propriedade dele, caso suas regras não descessem, ele as obrigava a tomar chás que ele mesmo preparava, com ervas que faziam com que elas... — Alécia deu uma pausa — com que elas perdessem o bebê. Inês falou que uma das escravas se recusou a tomar e ele bateu nela e a expulsou, e por causa disso ela ficou doente e perdeu o bebê, e outra escrava sofreu com sangramentos e morreu.

— Rudolf! — Valina exclamou cada vez mais abalada.

Alécia continuou: — Como não o encontrava mais na botica, ele passou a passar o pé em mim, por debaixo da mesa, enquanto jantávamos. Deixei de jantar com eles, dizia que não estava me sentindo bem. Porém, depois disso ele começou a bater na porta do meu quarto. Fiquei muito assustada e sem saber o que fazer, falei para a senhora Leonora, ela no outro dia não deixou Inês dormir mais comigo. Eu entrei em desespero, Inês era a única pessoa em quem eu podia confiar.

Valina chorava e Rudolf se indignava cada vez mais com a história contada pela filha.

— Inês me falou que quando ele queria se deitar com uma escrava elas aceitavam sem rejeitá-lo, então ele não voltava mais a importuná-las. Então, eu resolvi mudar o que estava fazendo. Voltei a ir para a botica e fingir que estava tudo bem. Quando ele se insinuava para mim, fingia que gostava do que ele falava. Aquele velho imundo! Eu vi quando chegou a carta que mandaram, mas a senhora Leonora não me mostrou. Ela olhou para mim e eu senti que havia algo errado. Fiquei atenta, no outro dia vi envelopes na mesa e, no horário do descanso dela, fiquei na biblioteca e os procurei. Estava lá a carta com a chave em cima. Li toda a carta, desenhei o mapa para achar o baú e deixei do mesmo jeito que estava. Ela nunca me falou sobre a carta. Foi aí que resolvi escrever contando o que estava acontecendo e a inconveniente da senhora Lourdes leu tudo o que confessei. Mas teve algo que não coloquei na carta. Eu estava com muito medo do senhor Oliveira e fiz algo para me livrar da situação. Eu coloquei água tófana no chá que eu mesma preparei para ele durante 10 dias. Ele achava que estava agradando-o, adoeceu e no primeiro dia que ele ficou em casa, por não estar se sentindo bem, eu fugi. Junto com Inês, fomos atrás do baú, não tivemos dificuldade em achar, mas deixamos no mesmo lugar. No dia em que me preparei para fugir, peguei a carta e a chave que estava na gaveta da mesa. Inês me ajudou. Um dos escravos, Aluízio, que queria fugir, roubou dois cavalos e me levou até o local em que me orientaram na carta. Ele arriscou a vida dele também e, como agradecimento, dei ouro pra ele. Se for convertido vai dar muitos milhares de réis.

Rudolf e Valina estavam abalados com tudo o que a filha passara sem eles.

— Filha, nós não podíamos imaginar — Valina falou. — Estou me sentindo tão culpada! Naquele momento só queríamos deixá-la em segurança e achávamos que podíamos confiar neles. Eram amigos de longa data do senhor Lourenço e nos dávamos muito bem em sua botica.

— Achamos que faríamos bem em deixá-la com eles. Perdão, filha, nós erramos.

— Papai, eu sei bem os motivos, o importante é que estamos juntos agora e eu consegui fugir a tempo — Alécia falou enojada. — Espero que ele morra! Nunca irão descobrir — disse ela com certeza. — Jamais desconfiariam de mim. Eu sei que não fiz o certo, mas eu só quis salvar a minha vida.

Valina, nesse momento, encontrava-se muito pálida e reclamando de dores.

— Eu não estou bem. Preciso de água — Valina fala.

Alécia providencia água para ela. Valina percebe que está sangrando. — Eu estou sangrando, o que será?

Rudolf e Alécia olharam-se preocupados.

— Deite-se aqui, deixe-me ver o que pode ser — Rudolf acomoda Valina e começa a examiná-la.

Valina, suada e com nítidos incômodos provocados pela dor, fala: — Minhas regras não vieram, será que estou com alguma doença? Eu não sei o que poderia ser! Como vou ficar aqui sem ajuda?

— Calma, não é muito sangue. Você acha que consegue esperar um pouco para ver se o sangramento cessa? Enquanto isso vou pedir ajuda na vila — Rudolf falou apressado.

— Não, não quero ficar sozinha aqui. E ir na vila pode ser muito perigoso. Não sabemos se alguém pode nos denunciar.

Alécia observa a cena e fica aturdida com a situação. — O que vamos fazer, papai?

— Calma, vamos esperar um pouco para saber o que fazer, beba mais um pouco de água — Rudolf estendeu um vasilhame com água para Valina.

— Vou ficar deitada enquanto vocês comem, precisam comer, logo vou melhorar. Eu não quero comer agora — Valina falou demonstrando necessidade de descanso.

— Tudo bem! Vamos, Alécia — chamou Rudolf.

— Logo voltamos, mamãe.

Os dois foram comer, enquanto conversavam.

— Papai, a mamãe falou que suas regras não vieram, ela poderia estar esperando um bebê?

— Não, querida. Faz muitos anos que você nasceu e sua mãe não conseguiu mais engravidar.

— É verdade!

— Vamos observar, mas precisaremos de alguém da vila.

— Ela vai melhorar! Poderíamos procurar alguma erva para ela não sentir dor.

— Sim, vamos esperar um pouco — Rudolf falou com semblante de preocupação — Eu vou precisar ir à vila, você a distrai, pois sua mãe não vai concordar que eu vá.

— Tudo bem, papai.

Alécia retorna à caverna e vê que sua mãe está com os olhos fechados. Olha para o baú que está com a chave na abertura e se dirige até ele. Ao abrir, em um canto do baú, um pouco escondido, pega um pacote feito com tecido claro, preso com uma tira de couro, desfaz o nó e abre o pacote, lá estavam guardadas cartas de tarô, ela embrulha no tecido e vai para perto da mãe.

— Mamãe, está se sentindo melhor?

Valina respirou profudamente e respondeu: — Estou, filha, levantei e vi que o sangramento parou.

— Ainda bem, mamãe! Posso mostrar algo que eu trouxe?

— Sim, mostre-me. preparada? — Alécia sorriu com o pacote em uma das mãos.

— O que você tem aí, filha? — Valina perguntou sorrindo e com curiosidade.

Alécia sentou-se próxima da mãe, abriu o pacote, estirou o tecido no chão e colocou as cartas em cima dele — Veja, mamãe, eu trouxe.

Valina, sem esperar pela surpresa, sentou-se rapidamente e pegou o tecido junto com as cartas na mão. — Filha, você trouxe! Meu tarô de Marselha! — Valina sorria alegremente — Como estou feliz, nem consigo acreditar!

— Sim, sabia que iria gostar, mamãe.

— Depois do dia em que fugimos, achei que nunca mais o veria, como me fez falta!

— Sim, mamãe, a senhora não se separava dessas cartas.

— Sim, me fizeram muita falta na hora de tomar nossas decisões. Mas, me fale, com quem você pegou?

— Rosário, sua amiga, quem estava com as cartas. Ela ficou sabendo que eu estava no Rio de Janeiro, poucos dias depois me enviou com uma carta escrita. A senhora Leonora recebeu e me mostrou, mas não quis me dar as cartas.

— Mas, por quê?

— Ela colocou várias vezes as cartas para ela. O resultado não era bom. Às vezes colocava para outra pessoa e as cartas mostravam coisas boas, ela dizia que não acreditava. Ficou irritada com as cartas! Um dia, não gostou da carta que viu e jogou-as no chão e saiu desiludida. Inês guardou as cartas e ela nunca mais colocou para ela. Depois que ela esqueceu, eu peguei-as e encondi. Fiz bem, mamãe? — Alécia sorria.

— Sim, minha filha — Valina fala abraçando a filha — Eu estou muito feliz que tenha trazido as cartas. Não posso esperar para usá-las.

— Pois, vamos! Coloque-as, mamãe!

— Não! Primeiro preciso limpá-las. Muitas pessoas pegaram nessas cartas. O tarô precisa de respeito e separação.

— São lindas, não é mesmo?

— Sim, divinas!

Alécia pegou as cartas, começou a passar as mãos, admirando-as.

— Pintadas à mão! Eu olhei para essas cartas por dias seguidos, quando íamos dormir nós brincávamos, Inês e eu. Mamãe, mas não fizemos nenhuma limpeza. Será que por isso aconteceram essas coisas comigo?

— Não, minha querida. Não se preocupe! — Valina observava a filha e lhe deu mais um beijo — Filha, você está sempre me surpreendendo. Estou muito feliz por continuarmos tão unidas. Nós lembrávamos de você a todo momento. Mas só há pouco nos sentimos seguros de trazê-la para cá!

— Sim, mamãe, eu sei! — Alécia abraçou a mãe e as duas ficaram deitadas conversando.

Capítulo 17

Raira

Ao chegar à vila, Rudolf foi à casa de Regi, que era mais afastada das demais, viu a avó dele sentada do lado de fora da casa.

— Senhora?! — Rudolf susurrou.

— Sim, senhor? — perguntou Lúcia desconfiada.

— Regi ou Gonçalves estão aqui?

— Não, senhor. Os dois desceram — falou com seriedade.

— E José foi com eles?

— Sim.

— E a mãe de Regi está?

— Também não está. Desceram todos.

— Eu posso falar com a senhora um pouco?

— Sim, não sei quem você é, mas pode falar.

— Eu sou Rudolf, sou amigo de Regi. A senhora já ouviu falar no meu nome?

Lúcia admirou-se e disse: — Sim, venha. O que está acontecendo?

— Como a senhora se chama?

— Lúcia.

Rudolf contou o que havia acontecido com Valina.

— Eu não sei o que foram fazer os homens. As mulheres estão todos os dias pela manhã tratando o barro e algumas cuidando de suas plantações. A barriga está muito grande?

— A barriga?

— Sim, da sua esposa.

120

— Não, ela não está esperando um filho.

— Não? Isso está muito parecido com coisas de mulher que está com o ventre ocupado.

Rudolf ficou pensativo.

— Vamos aqui na casa de Kawana, ela pode ajudar, é parteira, curandeira.

— Dona Lúcia, eu não posso ser visto.

— Então, espere aqui.

Lúcia retornou com Kawana e Luara, mãe e filha.

— O que houve, senhor Rudolf?

— Luara! Que bom vê-la! Senhora?!

— Minha mãe, senhor Rudolf. Chama-se Kawana!

Rudolf explicou mais uma vez o que aconteceu e os três decidiram subir a serra. Luara, Kawana e Rudolf. Rudolf agradeceu à Lúcia e seguiram.

Depois da longa caminhada, chegaram à caverna.

— Muito obrigado por terem vindo — Rudolf falou antes de entrar na caverna — Eu irei entrar e logo retorno com Valina.

— Não, não é necessário ela se levantar. Eu mesma vou lá! — Kawana disse.

— Sim, vamos, senhora Kawana. Venha Luara.

Entraram os três delicadamente na caverna. Valina e Alécia estavam quietas, já esperando Rudolf, após Alécia ter contado que ele fora buscar ajuda.

— Valina! Alécia!

As duas sentaram-se.

— Eu trouxe a senhora Kawana, ela é curandeira, é mãe de Luara.

— Luara, que bom vê-la, querida! Valina cumprimentou Luara alegremente — Luara sorriu em silêncio — Obrigada por ter vindo senhora Kawana.

Kawana cumprimentou-a com a cabeça. Agachou-se próxima à Valina, fez menção para deitar-se. Valina deitou e ela levantou seu vestido. Colocou a mão no ventre de Valina, fechou os olhos, fez longas respirações, sorriu. Olhou para Rudolf e disse — *Raira* — Olhou para Valina e falou — *Membyra*.

Luara sorridente falou: — Você está esperando um filho, Valina!

Valina e Rudolf se olharam e falaram quase que simultaneamente: — Um filho?

— Não esperava por essa notícia! — Valina falou com grande surpresa.

Kawana gesticulou para esperar. Fechou os olhos, colocou as mãos mais uma vez no ventre de Valina, movimentou-as pela barriga sem tocá-la desta vez e falou: — *Cunhãntãiñ*.

Todos ficaram esperando ela falar mais alguma coisa. Kawana abriu os olhos e disse: — Uma menina, é uma menina!

A alegria tomou conta da caverna. Todos comemoravam a notícia e conversavam animadamente. Depois dos ânimos acalmados, Kawana recomendou repouso à Valina, para segurança da criança.

Luara e Alécia conversavam como se já se conhecessem. Ficaram felizes com a presença uma da outra. Se despediram e Luara prometeu retornar. Rudolf acompanhou mãe e filha pela trilha e em seguida retornou para a caverna.

— Eu ainda estou surpreso com a notícia, Valina — Rudolf falou contente.

— Eu também. Nem consigo acreditar. Estou muito feliz!

— Como pode, depois de tantos anos? — Rudolf se questiona — Achei que não fosse mais possível.

— Eu não perdi a esperança, mas achava que não iria acontecer.

— Irei ter uma irmã! — Alécia comemora — Mas como pode a senhora Kawana já saber que é uma menina? — Alécia disse impressionada.

— Eu acho que dessa vez será um menino! — Rudolf falou confiante.

— Você não entende, querido. Eu senti o quanto aquela

mulher é poderosa. As mãos dela, mesmo sem me tocar, tremiam, muita sabedoria e magia existem ali.

— Espero que ela esteja certa, papai. Desejo uma irmã — Alécia sorriu para o pai.

— Agora vamos esperar seu Virgulino vir para saber se ele tem notícias de quando partimos — Rudolf falou para as duas.

— Sim, ficarei em repouso e assim que estiver melhor partiremos — Valina concordou.

À noite acenderam a fogueira enquanto comiam.

— Mamãe, como se faz para limpar as cartas do tarô?

— Eu deixo as cartas serem banhadas pela lua e as limpo com rosas e incensos. Mas, dessa vez, não terá como fazer assim. E também tenho medo de deixá-las aqui e uma fera comê-las — Valina sorriu assustando Alécia — Vamos fazer assim, vou passar um pouco no fogo, deixo descansarem e amanhã as usamos, tudo bem? — Valina decidiu entusiasmada.

— Simmmm! Estou ansiosa para que a senhora leia as cartas.

Após comerem, resolveram dormir.

Durante a noite, Valina acordou sobressaltada. Assustada, dizia repetidas vezes: — *"Que o manto de Daniel seja estendido para que não possa ser preso, nem ferido, nem morto, nem nas mãos do inimigo posto; bons e maus encontrareis, os bons se me achegarão e os maus se me arredarão. Que o manto de Daniel seja estendido para que não possa ser preso, nem ferido, nem morto, nem nas mãos do inimigo posto; bons e maus encontrareis, os bons se me achegarão e os maus se me arredarão. Que o manto de Daniel seja estendido para que não possa ser preso, nem ferido, nem morto, nem nas mãos do inimigo posto; bons e maus encontrareis, os bons se me achegarão e os maus se me arredarão"* — Valina repetiu a oração diversas vezes, sem pausas, ainda deitada. Levantou-se e foi para fora da caverna. Estava suada e com medo. Ficou sentada em uma das pedras que colocaram ao redor da fogueira, que ainda não havia apagado completamente, entrou na caverna sorrateiramente e pegou o tecido com as cartas que havia guardado.

Sentou-se no chão perto da fogueira, fez um gesto unindo as duas mãos ao peito, abriu o pano, segurou as cartas, colocou o pedaço de tecido no chão e em seguida colocou as cartas em cima. Fez uma pausa, de olhos fechados, e começou a misturar as cartas, misturou várias vezes, colocando-as junto ao fogo, e finalmente as espalhou em fileira no pano. Mais uma vez traçou as cartas e as colocou juntas, uma em cima da outra no pano, separou-as em três pequenos montes. Fechou os olhos novamente e virou a primeira carta do seu lado esquerdo, colocou-a rapidamente sobre o pano. A carta tinha o nome de "Le Monde".

"Le Monde" trazia a imagem de um homem com cabelos grandes e louros ao centro, segurando um cetro, protegido por folhas trançadas. No canto superior esquerdo havia um anjo e no direito uma ave e nos cantos inferiores dois animais, uma vaca e um leão com face humana. O número da carta era XXI, acima da imagem.

Valina sorriu ao ver a carta, em seguida puxou outra do monte que estava ao meio. A carta chamava-se "La Maison Diev", de número XVI. A imagem estava desgastada, existia uma torre feitas de tijolos, a torre estava quebrada e de dentro dela saía fogo que encostava no sol acima. No lado inferior direito havia o desenho de dois homens, um por trás da torre em que aparecia somente a sua cabeça do lado direito e o outro estava na frente da torre, do lado contrário, com uma roupa colorida e com as duas pernas para cima. A torre estava posicionada na frente de um rio e eles colocavam suas mãos na água.

Valina ficou séria, pensativa, e tirou logo a terceira carta. Desta vez ela não tirou a carta de cima, colocou as mãos por cima das cartas, fechou os olhos e pegou, lentamente, a carta que estava embaixo de todas as cartas do último monte, virou-a devagar e colocou-a no pano. A carta da vez não tinha número, chamava-se "Le Fov". Nela havia o desenho de um homem que andava e segurava um cajado na mão direita; na esquerda, segurava outro objeto que estava apoiado no ombro direito, que segurava com a mão esquerda, mas o objeto estava apoiado no obro direito, e Ele usava um chapéu de bobo da corte, tinha uma barba branca que afinava no final, usava meias vermelhas e camisa colorida. Não usava calça, existia apenas um pedaço dela na perna direita, por isso à mostra estavam bunda, pênis e testículos, vistos de trás, e ainda havia um gato atrás dele, que subia em sua perna esquerda.

Valina mudou completamente a expressão, seus olhos estavam estáticos, olhava para frente, desolada, respiração ofegante, com rapidez juntou todas as cartas, envolveu-as no pedaço de tecido e voltou para a caverna.

Pela manhã levantaram-se e enquanto se alimentavam Valina contou o que se passou durante a noite.

— A única coisa que lembrei quando acordei foi a oração judaica que aprendemos em Portugal. Repeti, repeti até me acalmar. E continuo a pedir. Tudo o que quero é viver, tudo o que queremos é nossa liberdade. Não temos esse direito? O que são direitos e a quem eles pertencem? As cartas não aconselham a saída daqui, não estou achando seguro, não quero ir.

— Valina, mas havíamos planejado. Essa criança pode nascer em outras terras, onde não somos perseguidos — Rudolf tenta convencê-la.

— Rudolf, eu sinto que é melhor ficarmos aqui. O que conteceu, aquela sensação no sonho, parecia que estava dormindo, mas na verdade estava acordada. Eu tomei a decisão de fazer a oração e depois disso foi que as sensações, aquela coisa me puxando, as vozes, começaram a diminuir. Não gostei, não quero desafiar o tarô, as cartas foram claras, coisas boas, sim, mas é arriscado ir agora. Por favor, vamos esperar mais um tempo?

Alécia olhava os dois confusa, nada falou.

— Vamos esperar seu Virgulino, saber o que ele tem para nos dizer, aí então conversamos de novo — Rudolf decidiu impaciente.

— Tudo bem, mas a minha decisão é essa! — Valina retrucou.

Rudolf olhou-a insatisfeito e seguiu para a floresta para

buscar o que comerem.

Capítulo 18

Trilha

Regi sobe a trilha e vai até a caverna.

— Olá! Estão aí? Senhor Rudolf?

Alécia aparece na entrada da caverna. — Regi! Que bom vê-lo. Venha, a mamãe está aqui.

— Olá, como estão? — Regi sorri para as duas. — Estou sabendo da criança, Luara me falou.

— Sim. Terei uma irmã — Alécia falou com astúcia. — E provavelmente será bem parecida comigo.

— E será brasileira — Valina acrescentou.

— É mesmo! Vim trazer notícias de seu Virgulino, Rudolf está aí?

— Ele foi coletar algo para comermos.

— Vocês precisam de mais recursos aqui, são em três, não têm nada plantando.

— Sim, Regi. Talvez nós tenhamos que plantar, como fazíamos lá embaixo.

— Seu Virgulino não conseguiu a embarcação, quer dizer, não tem navios nessa época para sair daqui. Ele deixou avisado que fosse comunicado a ele caso existisse alguma embarcação que não estava prevista.

— Talvez estivéssemos achando que seria muito fácil sair daqui — Valina concluiu.

— Podemos ir a Paraty mais vezes, para saber se existe algum navio que irá sair daqui. Os navios que vêm de surpresa são os navios piratas, já pararam aqui, mas não são desejáveis para viagem, mesmo que algumas pessoas queiram ir, por algum motivo desejam fugir e se arriscam. Não vejo como possibilidade, mas falo para que saibam que eles existem.

— Sim, Regi. Entendo, você está querendo ajudar. Sinto arrepios, só em pensar. Também não quero essa opção. Não, jamais!

Alécia atrapalha a conversa e pergunta a Regi: — Onde fica a cachoeira que você falou, Regi? Fica aqui perto?

— Fica um pouco, precisamos fazer uma boa caminhada.

— Podemos ir lá? Podemos, mamãe?

— Eu não sei. Não sei — Valina respondeu confusa.

— Não tem uma boa trilha, mas conheço bem o caminho — Regi falou.

— Posso ir, mamãe?

— Você acha seguro, Regi? Alguém pode vê-los?

— Nosso povo só vai nessa cachoeira em dias sagrados. Hoje não é dia.

— Não sei, Alécia. Deixe-me ver com o seu pai.

— Não, mamãe. Meu pai vai dizer que é perigoso, ele sempre acha que eu ainda não cresci. Irei! E retornaremos logo.

— Tudo bem, Alécia. Não demore! Não quero ficar preocupada, preciso de tranquilidade — Valina falou pondo a mão na barriga.

— Tudo bem! Vamos, Regi?

Regi, desconcertado, logo falou — Vamos!

Os dois saíram pelo caminho que Regi costumava percorrer para chegar à cachoeira daquele ponto. A caminhada levou mais de uma hora.

— Esse é um lugar sagrado para nós. Além da caverna, é o lugar que mais gosto de ir.

— Está perto?

— Sim. Precisamos pular aquela árvore caída e logo depois é a cachoeira.

— Já estou ouvindo o barulho da água.

— Veja, aqui! — Regi, afastou os galhos de árvore que cobriam a paisagem.

Alécia olhou para o lugar e ficou nitidamente admirada e eufórica.

— Eu nuca vi algo tão lindo! — falou esbaforida — Muito obrigada por ter me trazido!

Enquanto ela falava, Regi já se preparava para entrar na água.

— Venha! A água está muito boa, no início sentirá frio, depois você se acostumará — falou entrando na água cristalina e fria.

— Não, não vou tomar banho.

— Por quê?

— Não estou preparada.

— Venha do jeito que está, o importante é aproveitar.

— É muita roupa.

— Veio aqui só para olhar?

Regi nadou até a primeira queda da cachoeira e ficou se banhando.

— Regi, Regi! — Alécia gritava por ele. Ele embaixo d'água não ouvia. Quando saiu, Alécia acenava pra ele. Ele se dirigiu para onde ela estava.

— Eu vou entrar, mas você deve virar-se.

Regi sorriu e ficou de costas para Alécia.

Ela retirou a primeira parte do seu vestido longo e de mangas compridas, ficando apenas com a parte de baixo, um vestido longo de linho, com nesgas nas laterais, decote profundo e mangas na altura dos cotovelos. Entrou rapidamente na água e começou a mergulhar. Regi abriu os olhos e começaram a rir. Os dois sorriam alto e nadavam em êxtase.

— Vamos na queda? — Regi chamou-a.

— Eu estou com medo.

— Não tenha, vamos!

— Os dois foram nadando até a queda d'água e ficaram

imóveis embaixo da água, em pé na pedra.

Regi estava sério e vibrante, levemente tocou a mão de Alécia. Ela abriu os olhos e pulou na água indo para o lado oposto. Ele a seguiu.

— Você consegue sentir algo diferente nesse lugar? — Regi perguntou a Alécia — Uma força, uma energia diferente.

— Eu senti.

— Eu também sinto.

— Quando pegou na minha mão.

Regi olhou-a nos olhos, observando o seu rosto, seu cabelo molhado e voltou os olhos para dentro da água, buscando mais uma vez sua mão.

— Posso pegar na sua mão? — Regi perdiu permissão dessa vez.

— Sim, pode — Alécia tirou a mão da água e Regi segurou as duas mãos.

— Você é como essas águas, leve e forte ao mesmo tempo. Você parece ser misteriosa, mas é transparente, assim como essas águas. E estou mesmo apreciando você, sua presença.

Alécia, surpresa com as palavras de Regi, olhou-o com os olhos cerrados e disse: — Eu também estou apreciando sua presença — apertou fortemente as mãos de Regi e mergulhou.

Regi e Alécia ficaram mergulhando por diversas vezes, um atrás do outro. Alécia saiu da água e Regi foi ao seu encontro. Ele observou-a, com as roupas molhadas que marcavam seu corpo. Pegou no seu cabelo ruivo e delicadamente o cheirou.

— Vamos para a água — Alécia pulou novamente. Regi também.

Na água, Regi pegou em sua mão e puxou-a levemente para perto de si. Ela aceitou ir em sua direção. Ele se aproximou lentamente e tocou os lábios dela com uma das mãos e em seguida a beijou. Os dois ficaram um longo tempo se beijando, paravam, olhavam-se nos olhos e logo voltavam a se beijar. Longos beijos, leves, rápidos, ardentes. Depois, sem nada falarem, saíram da água e sentaram-se em uma pedra.

— Eu já tive uma experiência marcante nessa cachoeira! — Regi contou a Alécia.

— Foi? Eu também. Estou tendo uma experiência marcante nessa cachoeira — Os dois sorriram e beijaram-se novamente.

— Você vai embora, eu vou ficar, e ficarei com sua lembrança.

— Eu não devo mais ir embora. Vai demorar — os dois sorriram e ficaram observando a cachoeira.

— Somos tão diferentes — Regi falou.

— Somos de lugares diferentes, mas estamos aqui — Alécia falou de forma autêntica.

— É o que importa!

Retornaram o caminho enamorados, Regi contando sobre suas experiências no mar, na mata e na vila, falou do seu trabalho, da sua família. Os dois estavam ali entregues ao momento. Ao chegarem na caverna, Rudolf havia saído novamente. Regi se despediu e desceu a trilha mais uma vez.

No outro dia, Regi deixou o que tinha para fazer e subiu à Serra do Mar. Conversou com Rudolf que explicou que resolveram ficar até a criança nascer. Regi explicou a necessidade de abrir uma clareira ali e plantar alguns alimentos para sua família. Rudolf propôs a Regi a compra de alimentos excedentes da comunidade com dinheiro, de forma discreta.

Nos dias seguintes, Regi organizou o mutirão para abrir a clareira e fazerem o plantio. Virgulino, José, Regi, seu pai e seu irmão subiram a serra para cooperarem com o casal. Estavam todos empenhados em deixar a família abastada. Fizeram acordos para deixarem a cada sete dias alimentos variados em troca da moeda da época, o real.

Os dias se passaram, o trabalho estava intenso e Regi e Alécia não tiveram mais oportunidade de conversar. No dia da entrega dos alimentos da comunidade para o casal, José subiu a serra com Regi e aproveitou para comunicar a novidade.

— Senhor Rudolf, irei me casar.

— Que notícia boa, José! — Valina comemorou — Imagino quem seja a sortuda.

— Quem? — Rudolf perguntou curioso — Você já sabe?

— Imagino — Valina falou sorrindo!

José contou.: — Vou me casar com Luara. E se puderem ir à festa, serão bem-vindos — falou expressando satisfação.

— Eu quero ir, posso? Podemos? — Alécia perguntou de forma inesperada.

— Oh, querida! Não podemos! — Valina respondeu — É perigoso!

— Parabéns, José! Você merece! Que sua vida seja agraciada com muitos filhos, como a minha está sendo — disse Rudolf.

— O que você acha, Regi? Daria certo eu ir à festa? — Alécia questiona Regi.

Regi, pego de surpresa, responde: — Eu não sei. Não temos como saber se existe perigo.

— Eu não confio. Não podemos nos arriscar — Valina insistiu.

Rudolf acrescentou: — Minha filha, acalme-se, não podemos aparecer. Já estamos nos arriscando muito. Faremos depois uma festa aqui em cima, só entre nós, chamaremos nossos amigos e comemoraremos.

Alécia, inconformada, não escondeu sua frustração.

— Isso! Comemoraremos aqui também. Todos juntos! — José falou para consolar Alécia — Mas, se mudar de ideia, estaremos esperando.

Capítulo 19

Olorun bukun!

Os preparativos para a festa estavam sendo finalizados. Luara e José estavam apaixonados e preparavam cada um a seu modo a festa que seria o marco da sua união. O fogo de Luara, composto por seus pais e suas irmãs, e o de José, a família de Regi, composta por seus pais, avós e o casal de irmãos. Existiam nos preparativos contradições que não foram sanadas, a igualdade entre as ideias não foi imposta e nem estabelecida. A festa começou!

No centro, um altar, nele a imagem de Nossa Senhora do Rosário. Aos pés do altar, cumbucas de barro com comida, sementes e pedras, juntamente com flores do campo imersas na água, em uma vasilha grande de barro.

José vestia uma calça comprida de algodão e uma bata até o joelho por cima um manto vermelho com búzios costurados na barra de todo o tecido. No pescoço, um colar de sementes na cor vermelha, sementes de pau-brasil.

Luara também estava enfeitada com um colar de sementes de pau-brasil com voltas ao pescoço e uma pena na cor também vermelha, com partes do corpo e do rosto pintadas com tinta de jenipapo, assim como sua família. O vestido de Luara era longo, de algodão e com alças amarradas no pescoço. Ela segurava nas mãos rosas vermelhas.

A cerimônia começou. Lindú, anciã da vila, deu a benção ao novo casal, falou de Deus, de Jesus e da união da família.

Iepéuára, pai de Luara, colocou as mãos sobre as cabeças de

José e Luara e disse: — *Auá ocicáre teên ouacémo. Iepê curumiasú oicô ué amú suiaxára cembyua kiti.* Que Deus os abençoe!

Luara fala olhando nos olhos de José, traduzindo as palavras do pai que falou em nheêngatú: — Quem procura com afinco mesmo, encontra. Um moço que estava na margem do outro lado.

José completa a frase dizendo bem alto: — Feliz! *Idunnu! Idunnu!* Feliz! *Olorun bukun!* Deus abençoe! *Olorun bukun!* Deus abençoe! *Ọlọrun bukun ișọkan gbogbo eniyan!* Deus abençoe a união de todos os povos! *Olorun bukun!* Deus abençoe! — José alternava sua fala inserindo frases da sua língua materna, o Iorubá.

Todos falaram ao mesmo tempo com José, que elevava o braço como gesto de luta — *Olorun bukun!* Deus abençoe! *Olorun bukun!* Deus abençoe!

As pessoas aplandiam e se emocionavam com o momento em que simbolizava aquela união.

Luara colocou os pés em cima dos pés de José e José abraçou-a calorosamente. Em seguida, Luara jogou as rosas do seu buquê para os presentes, enquanto ouvia-se o som do tambor. Entre o sagrado e o profano, a festa continuou com cachaça e muita comida. Ao final da festa, que foi até o sol nascer, José e Luara foram para a casa que foi construída por seus amigos e familiares, e que a partir daquele momento iriam cultivar ali sua roça e seus laços.

Capítulo 20

Prólogo

No dia seguinte, Regi sobe a serra e leva para os amigos pinga, paçoca de banana da terra, pamonha de milho verde e paçoca de carne seca. Levou também rosas vermelhas e disse que Luara havia enviado. Compartilhou a emoção da festa com todos.

— Que festa! Foi muito bonita! — Regi falou.

— Eu desejo muito que José e Luara sejam muito felizes! — Valina disse.

— É realmente o encontro de dois povos, duas culturas. A vida é mesmo imprevisível! Que sejam felizes e livres! — Rudolf também falou.

— Amém! — falou, Alécia! — Eu poderia ter ido, não é, papai? — Alécia reclamou. — Quando faremos a nossa festa, papai?

— Podemos fazer uma festa para comemorar o solstício de verão, dia 21 de dezembro. Dessa vez, podemos comemorar o solstício daqui, do verão e não o inverno do Norte — Valina sugeriu.

Alécia logo falou: — Concordo! Está marcada a festa dia 21 de dezembro de 1734 — sussurrando disse — Em segredo!

Rudolf sorriu perplexo. — Vocês duas, como são corajosas! Depois de tudo o que aconteceu, ainda querem fazer uma festa, no entanto, estão escondidas.

— Papai! Vamos confiar, vamos confiar! — Alécia sorria com Regi e sua mãe, falando uma típica frase do seu pai.

Rudolf e Valina entraram para a caverna, enquanto Regi e

Alécia ficaram conversando.

— Da última vez em que fizemos essa comemoração, tivemos problemas com o padre, e foi o que gerou tudo isso — Regi falou preocupado.

— Não vamos pensar assim. Vamos comemorar, confiar que dará tudo certo — Alécia tentou convencê-lo. — Eu tenho aqui uma mala com muitos livros, a maioria de farmacologia, botânica, são os livros do meu pai e da minha mãe, mas também temos um que possa gostar. Vou pegá-lo — Alécia entra na caverna e retorna rapidamente com um livro. — Veja! O que acha?

Regi olhou para a capa e leu o que estava escrito: — "Vocabulario portuguez e latino" — estava em letras garrafais, abaixo com letras menores. Regi leu posteriormente: — aulico, anatomico, architectonico, bellico, botanico, brafilico, comico, critico, chimico, dogmatico, dialético...

— Você vai ler tudo? — Alécia perguntou impaciente.

— Sim! — Regi disse com obviedade.

— Você pode ler depois.

— Sim, claro. Eu só ia ler o que está escrito na capa.

— Pensei que ia folhear todo.

— Isso eu quero fazer — Regi brincou com Alécia — Estou brincando, mas quando peguei meu primeiro livro na mão, eu olhei página por página, até dormi com ele, tinha medo de perder.

— Você já leu um romance?

— Não, mas quero viver.

— Como assim?

— Viver um romance.

Os dois se divertiam brincando com as palavras.

— Regi, eu acho que já sei uma forma de você ficar muito bom em escrita e leitura.

— É mesmo, senhora solucionadora dos problemas?

— Sim! Podemos escrever juntos, coisas sobre o nosso dia-a-dia. Acredito que seja mais fácil assimilar. O que acha?

— O que eu acho? O que você acha? Confio em você,

senhora — Regi sorriu. Estava sereno, só queria a companhia de Alécia.

— Então vamos começar!

— Já? Agora?

— É!

— Eu preciso voltar à vila, já estou atrasado.

— Então, se está atrasado, já atrasou, não precisa ir mais.

— Estão me esperando!

— Fique mais um pouco! — Alécia pediu carinhosamente.

— Tudo bem! Ficarei mais um pouco. Como vamos começar?

— Fale-me uma palavra? Qualquer uma.

Regi pensou um pouco e disse: — Caverna.

— Vamos procurar! Alécia procurou a palavra caverna, mas não encontrou. — Não tem a palavra caverna.

— Chamamos também de gruta. Procura "gruta".

Alécia abriu o dicionário e foi seguindo a ordem das palavras — Regi, esse vocabulário só tem palavras com a letra A, não tem a palavra gruta também. Vamos abrir uma página sem olhar do que se trata — Alécia abriu o livro. — Vou ler: "*PROLOGO DO AUTOR - Para te fazeres capaz desta verdade, LEITOR MOFINO, hás de advertir, que nos livros, quando se compram, se paga só, o que se vê, & o que se toca. Pagase o papel, pagase a letra, pagase o trabalho dos artífices, & o uso, ou gasto da Emprensa. Mas nesta mesma compra o melhor, & o mais precioso, a saber,o que não vè, & só se entende, o que se não toca com as mãos, & só com o juizo se alcança, nunca se paga.*" Leitor mofino, não é o nosso caso, não somos mofinos, somos alegres e interessados — Os dois sorriram do que estava escrito.

Alécia falou: — Verdade! Mas o que ele falou me fez refletir, o que é mesmo mais precioso em um livro é o que não se vê e não se paga, o que se aprende. Cada palavra que aprendo, parece que uma venda é retirada dos meus olhos. Se eu coloco as mãos nos seus olhos... — Regi coloca as mãos tapando os olhos de Alécia. —

Como se sente?

— Me sinto incomodada, angustiada.

— É assim! É essa a sensação de não saber ler. Eu olhava as palavras e não as enxergava, agora minha visão está clareando, está menos turva. E a cada nova palavra que leio, me sinto imensamente feliz. Sua mãe nos ajudou muito — Regi falou saudoso.

— Desejo que você aprenda cada vez mais!

— Eu vou trazer o meu livro para você ver. Você quer?

— Sim, quero! Podíamos ler na cachoeira! — Alécia falou animada.

— Você gostou da cachoeira?

— Sim, foi muito especial.

— Então, vamos! Posso levá-la em outra também.

— Vamos olhar a capa? — Alécia fechou o livro e começaram a olhar o que mais havia escrito na capa.

"Autorizado com exemplos dos melhores escritores portuguezes, e latinos; e offerecido Al El Rey de Portvgval, D. Joao V, pelo padre D. Raphael Bluteau, clérigo regular, doutor na sagrada theologia, prêgador da raynha da Inglaterra, Henriqueta Maria de França, & calificador no flagrado tribunal da inquisição de Lisboa".

— Ele é da inquisição!

— Como pode?!

Alécia ficou bastante incomodada. — O ano é de 1712, meus pais devem ter pegado onde meu pai trabalhava. Isso me deixa mal. Não quero mais usar este livro.

— Sim, também não quero. Não podemos usar o livro de alguém que faz parte do tribunal da inquisição — Regi concorda com Alécia.

— É verdade!

— Alécia, agora preciso ir.

— Por que precisa ir? Fique mais um pouco.

— Eu preciso! Posso te dar um beijo?

— Rapidamente!

Regi a beijou rapidamente várias vezes na boca.

— Podem nos ver, pare!

Regi sorriu e levantou, mas baixou novamente e disse:

— Do que você tem medo? O que não quer?

— Não sei, não sei o que meus pais diriam.

— Só saberá se eles souberem.

— Podemos conversar sobre isso amanhã.

— Na cachoeira.

— Estou esperando — Alécia falou ansiosa.

— Até amanhã, senhora Alécia.

Capítulo 21

Uma cabana, uma casinha

Regi desceu correndo pela trilha, estava bem feliz, leve. Já tinha perdido parte do trabalho que se comprometeu a fazer. Passou por sua casa, que ficava no caminho, e já ia descendo para onde estavam reunidos os homens que finalizariam mais uma casa na vila.

— Regi! — gritou seu pai. — Onde estava?

Regi se aproximou do pai e falou com tom de voz baixo — Fui deixar as coisas da festa de ontem para o senhor Rudolf.

— O pessoal estava reclamando que você não foi para finalizar a casa.

— Sim, meu pai. Atrasei-me.

— Depois converse com eles, é melhor para não ter mal-entendidos.

— Farei isso, meu pai, agora mesmo.

Regi foi em direção aos seus companheiros e parou no meio do caminho. Dois deles estavam cavando a terra para tirar o barro.

— Dedé, estão pegando mais barro? — Regi perguntou ao colega.

— Sim, é para a outra casa.

— Não estou sabendo, qual casa?

Francisco logo respondeu: — Uma das casas de seu Valente.

— Seu Valente vai construir outra casa para ele? O que houve com a dele? — Regi perguntou.

— São as casas que seu Valente vai fazer para vender e ele está nos pagando para construir para ele — Francisco explicou.

— Pagando pra construir para ele? E onde são essas casas?

— Na terra dele.

Dedé só ouviu, nada falou. Regi saiu à procura dos outros colegas. Mais na frente encontrou Antônio, Joaquim e Antônio Costa, os três cortando madeira.

— Antônio, Joaquim — Regi cumprimentou os amigos — Antônio Costa.

— Oi, Regi — Antônio acenou para ele.

— Regi — Joaquim falou.

— Estão trabalhando essa hora? — Regi indagou.

— Regi, onde você estava? Não está mais trabalhando? — Antônio Costa questionou.

— Estou, mas tive que resolver uns problemas e não pude vir hoje.

— Mas você tem tido problemas, meu irmão — Antônio Costa falou para Regi.

— Sim, meu irmão, muitos — Regi respondeu.

— Você está sabendo o que está se passando? — Antônio Costa perguntou.

— O quê?

— Valente agora está pagando a nós para contruirmos casas para ele.

— E para que tantas casas?

— Para vender, segundo ele, muitas pessoas estão querendo.

— Mas nós sempre construímos as casas juntos!

— Sim, mas agora ele quer contruir todas, eu acho. Ele vendeu uma terra muito grande para seu Virgulino e agora diz que com o dinheiro vai construir as casas para vender.

— Ele vendeu terra para seu Virgulino?

— Sim, Virgulino deve plantar cana e deve fazer cachaça — Francisco balançou os ombros, como quem deduzisse.

Regi parou, processando as informações.

— Então agora Virgulino e Valente são os donos da terra!

— De uma ponta a outra — Joaquim confirmou.

— E vocês vão trabalhar para eles?

— Vamos, todos nós — disse Joaquim.

— E por que estão ainda cortando madeira e tirando terra? Não é hora de comer?

— Porque quanto mais casa fizermos mais dinheiro iremos ganhar — Francisco disse.

— E quem vai trabalhar para seu Virgulino?

— Seu Virgulino prometeu ensinar o trabalho pra quem fosse trabalhar com ele, mas terá escravos também. Disse que seu tratamento será diferente — Francisco falou concluindo — Vamos continuar Joaquim?

Joaquim concordou. — Sim, vamos! Ele deve conversar com você também, Regi.

Regi olhou para os amigos e ficou estático, sentiu um certo cansaço, acenou com a cabeça e falou: — Vou para casa, meus amigos.

— Tudo bem, Regi.

Regi, ao invés de ir para casa, foi até a praia. Se sentindo mal, angustiado, resolveu tomar um banho de mar. Ficou ali por quase uma hora, intencionando entendimento, clareza para a situação que acabara de presenciar. Voltou para casa e ficou na companhia da sua avó.

— Minha avó, como era quando a senhora era jovem como eu?

— Uma tranquilidade, a vida era boa, cada coisa no seu tempo. Não se tinha pressa.

— Como assim, pressa, minha avó?

— Pressa para viver. Se acordava com o sol e se dormia com ele. Nem lamparina tínhamos, mas nós não reclamávamos, somente vivíamos. Um dia de cada vez.

— Como deve ser, não é minha avó?

— Aqui era pouco habitado, a casa de seu Rosalvo foi a primeira, depois foi a da irmã da minha mãe, Tamires, e logo minha mãe veio se juntar à irmã. Aqui eu nasci, cresci, me casei e estão aí vocês para contar a história. Logo será você que plantará sua semente.

— Minha avó, quando chegaram aqui, de quem eram essas terras?

— Faz muito tempo! Quando chegamos aqui só havia um cabana, uma casinha. Nós conseguimos ficar, pois o seu tio, que era branco, e sua tia índia fizeram um acordo. Mas ninguém vinha aqui naquela época, era difícil chegar, o mar na frente, a serra atrás, ficávamos isolados, eu nunca saí daqui, nem subi a serra, nem andei de canoa pra ir ver outras terras, só vivi aqui.

— Mas a senhora queria sair, minha avó?

— Não, não queria. Eu gosto muito daqui. Me dava vontade de conversar mais, mas não precisava, a vida era boa demais, a gente arrumava o que fazer.

— E meu avô?

— Seu avô? Essas terras eram a vida dele. Ele conhecia tudo, andava de uma ponta a outra, vinha com muita coisa nova para nós, novas frutas, era curioso, mexia com a terra. Ele ensinou muita gente aqui a lidar com a terra, sabia a hora de plantar, quando ia chover e sabia curar também. Sabia o nome das plantas e para que serviam.

— Ah, meu avô, era tão querido!

— Muito! Queriam muito bem a ele. O povo aqui sempre teve saúde. Quando sua mãe era bem pequena, hoje ela já está com 40, já está com 40! É, isso mesmo! Ela tinha um ou dois anos quando moradores de um povoado vieram para cá. Lá ficou deserto, não restou uma pessoa que continuasse morando lá, porque a varíola desertou esse lugar. Ficaram com tanto medo e alguns vieram para cá. E quando eles chegaram ficamos com medo também. Mas eles ficaram. Nós ajeitamos casa para eles, demos até uma vaca para eles tirarem leite, seu avô foi quem ajeitou o lugar junto com os outros homens para eles ficarem.

— Tempos difíceis, minha avó.

— Sim, mas deu certo. Hoje tem filho de todo mundo por aí. Hoje é bom, meu filho, mas naquele tempo era melhor. E eu passei muito tempo cuidando da minha tia, ela teve uma doença nas mãos que não conseguia pegar em nada.

— Foi? Não sabia! Qual o nome dela?

— Joana, meu filho.

— E o que aconteceu?

— Ninguém sabe, ela tinha saúde e depois ficou com as mãos tortas, mas isso não deixou ela triste, todos os dias levantava e tinha uma ocupação, que ela fazia muito bem, trabalhava com o barro com os pés.

— Com os pés?

— Sim, com os pés. Ela fez de tudo, prato, panela, vasilha, de todo tamanho. Gostava de dar de presente. Seu avô ia pegar o barro pra ela e ela passava muito tempo fazendo o que gostava, ajudava em outras coisas também, mas o dia todo, queria mexer com o barro. E assim foi, até o fim da vida.

— A conversa está boa! Lembrando da finada Joana, minha mãe? — Gonçalves se aproximou dos dois.

— Minha avó está contando. Queria ter visto! — Regi interagiu. — Meu pai e essa história de seu Virgulino e seu Valente agora serem donos da terra, hein?

— Regi, eu acho que é novidade. Eles não têm o papel, nenhuma carta que mostre que são donos, só se ainda irão mostrar! Seu irmão foi olhar o gado do outro lado e viu que ele marcou uma pedra para marcar a terra, que antes não estava marcada.

— É, meu pai, precisamos fazer alguma coisa, se não ele vai nos engolir.

— A gente vive aqui há muito tempo, não vão fazer nada.

— Eu não sei, meu pai. Ele chamou todos os homens para trabalhar pra ele. A gente nunca precisou disso, cada um fazia uma parte do serviço e tudo era dividido, não tinha um dono.

— Ele deve falar com você, meu filho.

— Eu não vou falar com ele. Não vou trabalhar assim. Pelo que vi estão trabalhando mais do que antes para fazerem mais casas para ele, em troca de dinheiro, e não sei bem como é o recebimento desse dinheiro.

A avó de Regi, ouvindo a conversa, falou:

— Eu já sei como vai ser! Se não cuidarem, vão derrubar até casas, se Valente tiver com essa fome de ter mais, pode ser que muitos sofram aqui. Aqui sempre foi calmo, mas porque cada um pegava seu pedaço de terra e ia plantando para sua família, mas se tem alguém querendo mais do que já tem, aí ele bota até fogo.

— Isso é perigoso — Regi disse.

— Mas ele precisa ter o papel — Gonçalves insistiu.

— Vamos ver o que ele vai dizer — Regi falou.

Sua avó continuou: — Uma coisa é ele se apropriar, outra coisa é ele ter a posse da terra. Nenhum de nós tem papel de terra aqui. Essas terras não são de ninguém, seu avô me falou quando era vivo, vinham aqui a mando do rei, olhavam a terra, iam embora e depois de anos voltavam.

Lúcia completou: — Sim, não tem ordem real, nem algo ou alguém para ser obedecido e por isso pode ser que ele tome conta mesmo. Tem que travar a luta.

— Dona Lúcia, eles só dão as sesmarias para padres, capitão, "homens de bem", essa gente, a homens como nós?! Não concedem, nem que por escrito.

Regi estava cansado, cabeça cheia, se despediu e foi procurar José.

José estava sentado em frente à sua casa, em uma rede, entre duas árvores.

— José, meu amigo — Regi o cumprimentou sorridente. — Vejo que está muito bem! E essa rede bonita?

José sorrindo, feliz com a presença do amigo, falou. — Foi presente, estou experimentando! Acabamos de almoçar da comida de ontem. Estava tudo tão gostoso.

— Muito boa a comida. E que festa, meu amigo! Eu ainda me encontro mexido com tanta emoção. Que bonito foi esse encontro, de uma terra com outra, de um povo com outro.

— Sim, meu irmão, também estou sentindo até agora a emoção, nunca vou esquecer esse dia e vou contar para meus filhos o quanto foi bonito. E a moqueca de peixe, hein? — José pôe-se a rir.

— A moqueca de peixe sim, e a cachaça, hein?

— E você foi deixar as coisas lá em cima?

— Fui e me distraí com Alécia.

— Sim, que bom que estão se distraindo — José sorria para o amigo.

— Sim, me distraí tanto que quando cheguei não consegui mais acompanhar os colegas no trabalho. José, vim aqui por que está acontecendo algo na vila e preciso conversar com você.

— É sobre seu Virgulino e Valente?

— Você já está sabendo?

— Sim. Seu Virgulino me chamou para trabalhar com ele — José olhou bem nos olhos do amigo e disse: — Mas, meu irmão, até eu ter vida, não trabalharei mais para ninguém, lutarei pela minha liberdade até o fim, assim luto também pela de meus filhos, que irão ainda habitar essas terras.

Regi respirou fundo e disse: — Parece, meu irmão, que teremos um longo caminho pela frente.

Os dois ficaram conversando o que sabiam dos últimos acontecimentos, pensando no que fariam.

Capítulo 22

Revelação

No dia seguinte, Regi subiu para encontrar Alécia e irem à cachoeira.

— Mamãe, posso levar as cartas?

— Não vai molhar?

— Eu tenho cuidado.

Alécia e Regi seguiram na mata em direção à cachoeira, os dois conversavam sobre as árvores dali, os mamíferos, passáros, as pessoas e o mar.

— Eu quero te levar para ver o mar — Regi convidou Alécia.

Alécia, que se encantou com o convite, perguntou a Regi — Como faremos? Como meu pai vai permitir?

— Iremos em uma parte que não passa ninguém.

— Ele vai desconfiar de nós!

— E por que ele não pode saber, Alécia?

— Não sei. Eu não sei se daria certo.

— O quê? — Regi olhou para ela desconcertado.

— Não sei, Regi. Acho que seria até mais difícil para sairmos sozinhos.

— Mas não me sinto à vontade de fazer algo escondido do seu pai, ele confia em mim. Acha que ele se importaria?

— Eu não sei. Eu não sei mesmo.

— Então, precisa saber — Regi a beija repentinamente.

— Você pode falar com ele.

— Falarei.

— Mas espere mais um pouco.

— Por que esperar?

— Quando você falar não poderemos mais sair sozinhos.

Regi ficou um tempo pensando e disse: — Tomara que antes disso ele não nos veja, então.

— Não verá! — Alécia o beijou e seguiram para a cachoeira.

Chegando lá os dois já entraram na água e aproveitaram intensamente a companhia um do outro. Depois de um longo tempo na água, resolveram sair.

— Regi, nós viemos aqui para ler — Alécia falou e sorriu de Regi.

— Eu até esqueci — Regi também sorria.

— Eu trouxe as cartas da minha mãe. Você quer ver?

— O que são? Mostre-me.

Os dois sentaram-se um ao lado do outro e Alécia estirou o pano em que as cartas eram guardadas e as colocou em cima.

— Esse é o tarô.

— O que é o tarô?

— São cartas mágicas, elas são colocadas e podem nos ajudar a tomar nossas decisões, diz coisas sobre nós.

— Adivinhação?

— Não. Elas indicam o caminho. Não é adivinhação, é magia.

— Eu acredito em magia.

— Então, vamos colocar? Você é o consulente, eu a cartomante, coloco as cartas e você pergunta.

Regi respirou fundo, Alécia traçava as cartas.

— O que faço agora?

— Eu vou traçar as cartas e vou te falar.

Regi confirmou com a cabeça. Alécia colocou as cartas no pano uma em cima da outra. — Agora você faz uma pergunta mentalmente e vai cortar as cartas três vezes para esquerda.

— O que é cortar as cartas?

— Você separa o monte em três e coloca a sua esquerda, o

primeiro, o segundo e o terceiro.

Regi se concentrou na pergunta e separou as cartas.

— Coloque agora sua mão sobre o primeiro monte e retire uma das cartas, pode ser qualquer uma.

— Regi buscou uma carta no meio do monte e entregou a Alécia.

Alécia virou a carta.

— Humm! Você tirou a carta *"Le Mond"*, o mundo. É uma carta boa! Vamos tirar a outra — Regi, mais uma vez, colocou a mão sobre o monte, e retirou a última carta.

— Agora você retirou a carta *"Le Fov"*, o louco.

— O louco? O que significa?

— Vamos retirar outra que aí podemos entender o que significa.

Regi retirou a primeira carta do terceiro monte.

— Virou a carta e olhou. *"La Masion Diev"*, o que quer dizer?

— A casa de Deus.

— E agora, o que querem dizer as cartas? Não entendi, estou achando um pouco estranho.

— Foram as mesmas cartas que caíram para minha mãe, só que em ordem diferente, eu acho. Se não me engano, o louco caiu para ela no final, e por isso ela resolveu ficar e não viajar agora.

— Foi mesmo? O que será que ela quer dizer?

— Vamos puxar outra. Só mais uma!

— Será que é melhor mesmo?

— Vamos, não faz mal — Alécia misturou as cartas mais uma vez, fez um único monte. — Tire, mais uma!

Regi puxou, um tanto impressionado, e olhou a carta.

— Veja!

— A força, *"Force"*. Essa sei o que quer dizer.

— E o que é? A imagem é bem estranha. Uma mulher com a mão na boca de uma fera? E ela está como se estivesse com raiva — Regi falou cismado.

— O lado bom dessa carta é que ela expressa coragem, ideias, poderosas, mas o lado ruim é que a força pode significar uma forma de agressão ou intolerância que não controla nada, revela o contrário, a impotência.

Regi se sentiu muito incomodado com a carta, parecia que queria dizer alguma coisa para ele.

Sorriu, sem graça, e disse.

— Obrigada! Vou pensar sobre isso.

Alécia continuou.

— Acho que não é o seu caso, mas se você está pensando em fazer algo como travar algo com alguém, você pode ter boas ideias, mas elas não serão favoráveis a você, pode trazer o contrário.

Regi, aparentemente cansado e com expressão impaciente, disse: — Sim, entendi. Obrigada!

Alécia percebeu que ele não havia gostado.

— Você não achou interessante? Não gostou, não é?

— Não, eu achei interessante. Só estou impressionado.

— Como minha mãe diz: "Nunca duvide do tarô!"

Regi ficou levemente nervoso.

— Vamos entrar na água novamente, só mais uma vez?

— Vamos!

Os dois entraram na água e depois seguiram para a caverna. No caminho decidiram contar para Rudolf em outra ocasião.

Capítulo 23

Água clara

Nos dias seguintes Regi passou a ir quase que diariamente para a caverna, ajudar Rudolf com as plantações. Levou rosas para serem cultivadas próximas a caverna e continuou com as leituras, agora com Alécia.

— Me dá uma palavra? Amanhã te mostro o resultado — Alécia pediu a Regi.

— Deixa eu pensar... *"Ytú"*, cachoeira, *"Y Tanga"*, água clara, transparente.

Alécia parou, olhou para ele admirada. — Pode deixar, irei fazer.

Regi desceu a ladeira da trilha com destino a sua casa. Naquele dia Regi estava feliz, nitidamente apaixonado.

Alécia riscava o papel, próximo a fogueira, queria mostrar o que escrevera a Regi, quando ele viesse.

No outro dia, quando Regi chegou, Alécia estava distraída com os livros e papéis.

— Vem, quero te mostrar uma ave — Regi chamou Alécia, ele trazia rosas vermelhas nas mãos. — Não faz barulho — Os dois foram descendo a trilha devagar. — Olha, é o Tiê-sangue, ele está chamando a fêmea, está vendo como está a cabeça dele?

— Que pássaro lindo e seu canto também, vermelho, muito bonito — Alécia falou baixinho.

— Vamos — Regi pegou na mão de Alécia e foi voltando para a caverna.

— Espere, antes quero mostrar o que escrevi com as palavras que me deu ontem.

— Escreveu?

— Sim, vamos ficar aqui, vou ler para você — Alécia pegou o papel que estava dentro da manga do seu vestido, abriu e leu. — O que me vem vai além do que eu posso precisar, o que eu tenho é a verdade e o gosto de amar. Esse amor transparente, água clara, forte como as águas de uma cachoeira rara, esse amor é tudo o que posso precisar, para viver dias dos quais nunca pude sonhar, *ytú, y tanga*.

Regi não conseguiu tirar os olhos de Alécia — Onde você andava? Estou feliz de ter escrito essas palavras, você escreveu mesmo para mim?

— Sim, só para você!

Regi e Alécia beijaram-se por um longo tempo. Depois Regi falou para ela.

— O que me vem é o que desperta aqui no meu peito. Onde você estava pássaro raro? Que hoje encanta os meus dias, me deixa leve, como se estivesse voando livre por essas matas, meu coração é seu, está entregue!

— Era tudo o que eu gostaria de ouvir.

— O que seria de mim, se não me desse o teu amor, não vá embora.

— Eu não quero te deixar.

— Eu faria tudo para você ficar.

Alécia pegou o pedaço de papel e entregou a Regi. — Essas palavras representam o sincero carinho que tenho por você, a solidão já apavora, também não quero ficar sem você.

— Te desejo!

Os dois enlaçados por seus sentimentos deixaram-se ficar, observando a natureza e sentindo cada vez mais forte o que os unia.

— Quero te levar para o mar! Você ainda não conheceu o

que temos de melhor. É difícil dizer que algo é melhor, mas o mar não tem igual.

— Vamos, pode ser hoje.

— Você consegue ir?

— Sim, já falei a minha mãe que iríamos dar uma volta na floresta.

— Para chegar até a praia é muito longe, são duas horas de caminhada, mas talvez por esse caminho — apontou para a parte de trás da caverna — leve menos tempo.

Alécia foi rapidamente falar com a mãe, que assentiu que fosse.

Os dois saíram felizes, andando na mata enamorados, eles beijavam-se, falavam alto, gargalhavam. Todo o caminho trocando confidências e declarações. Ao chegar à praia, como Regi previa que não havia ninguém, nenhum pescador, nem passantes. Sentaram-se na areia e ficaram contemplando o mar.

— Você diz que sou poeta. Quero escrever um poema para você também, mas quero escrever em Nheêngatú, mas vou falar algo agora. "*Mai Yapinu-asú, yacy icáua, yacy tatá uasú kiki. Xaisusáua, xaisúúara, xaisuúéra, xaisupire-uá, xaisú, uirandeuára?*" "Como onda grande, lua cheia, lua de cara grande, estrela, fui arrastado. Amor, amante, amável, a preferida, querida, o que há de vir amanhã?".

Alécia olhava-o com encantamento. — Amo-te! Amanhã estarei aqui! Beija-me como nunca fui beijada, toca-me como se eu fosse preciosa, ama-me com totalidade. Não tenho saída, só quero estar contigo.

— Vamos juntar nossas vidas! Só quero estar contigo e ter você aqui! O rio se junta ao mar e quando se juntam se tornam maiores, mais fortes, apesar de terem suas águas diferentes, como são nossas águas.

Passaram um longo tempo se olhando, o silêncio se fez, como se não precisassem dizer mais nada um para o outro.

Capítulo 24

Pássaro com peito cor de rosa

Na serra, Rudolf dedicava seu tempo a plantar, caçar e coletar alimentos na floresta. Valina e Alécia estudavam as plantas da região e desidratavam algumas e depois guardavam-nas em cumbucas de barro. Regi continuava ativo com a família, fazendo parte do seu dia a dia, mas ainda era segredo seu relacionamento com Alécia. Os dois estavam cada vez mais juntos.

— Minha filha, precisamos falar com você, seu pai e eu — Valina chamou a filha para sentar com eles.

Alécia ficou aparentemente nervosa, sentou-se próxima aos pais. Valina disse:

— Filha, estamos passando por momentos difíceis, tensos, com essa situação de sermos fugitivos e também não deixamos de estar preocupados com algo que possa acontecer, se já não aconteceu algo com o senhor Oliveira.

Alécia ficou séria e falou com a voz trêmula:

— Como assim, mamãe?

— O que você nos disse, sobre ter dado água tófana, pode ter feito realmente efeito. Seu pai e eu já estudamos sobre esses materiais e nós sabemos que são perigosos.

— Mamãe, me perdoe, eu não queria... eu estava tentando... — Alécia estava cada vez mais nervosa, muitas lágrimas desciam pelo seu rosto.

— Alécia! — Valina falou com seriedade. — Pare de chorar! Nós sabemos que você estava se defendendo. Eu queria mesmo que ele morresse. Mas também temos que entender que ele pode estar vivo e por saber dos efeitos que a água tófana causa, quer dizer, os sintomas, pode ter a certeza que você o deu, devido ao chá que estava entregando para ele. Ele saberá! E se estiver vivo, e como sabe como nos achar, pode ser perigoso.

Rudolf acompanhava as duas e disse:

— Eu muitas vezes sonho com a nossa vida, como vivíamos bem. Nunca havíamos tido problemas. Sinto muita saudade de casa.

— Eu também sinto, papai, da minha avó, do meu avô, de todos — Alécia concordou com o pai.

Valina completou ainda com seriedade: — Eu também sinto falta da nossa casa, de todos. Mas nossa casa agora é aqui, e eu estou esperando um bebê e corro risco de perdê-lo, não quero perdê-lo. Precisamos ficar aqui, escondidos completamente, para quando chegar o dia de partirmos tudo dar certo. Esperei muito por esse momento.

— Quando o bebê irá nascer, mamãe?

— No quinto mês. E até lá ficaremos aqui, não poderemos fazer festas e você também não deverá ir para longe. Os inquisidores podem voltar e qualquer outra pessoa pode nos encontrar. Sua carta foi lida, a minha também pode ter sido. Vamos nos resguardar.

Alécia ficou aparentemente triste, foi para a caverna e ficou pensativa, não saiu mais de lá, até o outro dia.

Os dias passavam-se e Alécia e Regi ficavam cada vez mais tempo juntos, ele não trabalhava mais na construção das casas, seus dias eram entre subidas e descidas na Serra do Mar, lá ocupava o dia com leituras, escritas, plantios, colheitas e muita conversa com a família que ele passara a adotar, ou talvez tenha sido adotado. Regi não participava mais dos encontros na vila, não encontrava mais seus amigos, somente interagia com seu fogo e com o fogo de José. José compartilhava a produção e trabalho com a família de Luara, seguindo em harmonia com os seus.

— Vamos voltar à leitura? — Regi segurava nas mãos um livro, sentado próximo a caverna, aguardava Alécia para começarem suas leituras.

— Vamos! — Alécia sentou-se a seu lado. — Onde paramos?

— Eu marquei aqui — Regi havia colocado um graveto dentro do livro, na página que haviam parado a leitura.

— Eu começo — Alécia falou.

— Tudo bem. Vou deixar o livro para os dois.

— *"Por aqui rodeando a larga parte*
De África, que ficava ao Oriente
(A província Jalofo, que reparte
Por diversas nações a negra gente;
A mui grande Mandinga, por cuja arte
Logramos o metal rico e luzente,
Que do curvo Gambeia as águas bebe,
As quais o largo Atlântico recebe)"

— Então ele havia saído da Espanha, por onde vocês também passaram — Regi relembrou — e chegou à África, de onde vieram os pais de José.

— Província Jafolo, será que foi de lá que ele veio? — Alécia perguntou.

— Ele veio da Nigéria.

— Aqui diz que lá tem ouro, em Mandinga.

— E também fala do rio que encontra o mar, Gambeia, um rio que desagua no oceano Atlantico. Agora é minha vez — falou Regi.

"As Dórcadas passamos, povoadas
Das Irmãs que outro tempo ali viviam,
Que, de vista total sendo privadas,
Todas três dum só olho se serviam.
Tu só, tu, cujas tranças encrespadas
Netuno lá nas águas acendiam,
Tornada já de todas a mais feia,
De bívoras encheste a ardente areia."

— Agora sou eu — Alécia falou.

"Sempre, enfim, pera o Austro a aguda proa,
No grandíssimo golfão nos metemos,
Deixando a Serra aspérrima Leoa,
Co Cabo a quem das Palmas nome demos.
O grande rio, onde batendo soa
O mar nas praias notas, que ali temos,
Ficou, Coma Ilha ilustre, que tomou
O nome dum que o lado a Deus tocou."

— Vou continuar!

"Ali o mui grande reino está de Congo,
Por nós já convertido à fé de Cristo,
Por onde o Zaire passa, Claro e longo,
Rio pelo antigos nunca visto.
Por este largo mar, enfim, me alongo
Do conhecido Pólo de Calisto,
Tendo o término ardente já passado
Onde o meio do Mundo é limitado."

— Você vai lendo e é como se eu estivesse dentro da embarcação, sentindo o vento, passando e vendo as ilhas, as praias, as mulheres com trançados nos cabelos — Regi falou deslumbrado e sorrindo.

— Aqui ele fala de um reino, um grande reino.

— E de um rio, Zaire.

— Um reino, como será esse reino?

— Como será fazer uma viagem de barco? — Regi estava no auge das sensações, sonhando acordado com o que estava lendo.

Alécia deu um salto e disse: — Nada agradável! Dias e dias em uma embarcação, com medo de ser devorada pelo mar. Não desejo pensar nisso por um longo tempo.

— Mas eu sonho em fazer uma viagem dessas, talvez eu pudesse até aprender a guiar uma dessas embarcações.

— Regi, acorde, acorde! — os dois brincaram com a forma de Regi desejar.

— Alécia! — gritou Valina do outro lado da caverna. — Alécia!

— Mamãe, estou aqui.

— Vamos lá, acho que ela não está bem — Regi notou o tom de voz de Valina. Os dois foram em sua direção.

— Aqui! — Valina sinalizou onde estava. — O bebê vai nascer! — Valina estava imóvel, encostada em uma árvore por trás da caverna, com a bolsa estourada — Eu estou com medo.

— Vamos para dentro — Regi foi segurando em seu braço.

— Filha, chame seu pai — Alécia foi em direção a clareira chamar Rudolf. Os dois logo voltaram para a caverna.

— Valina! Chegou a hora! — Rudolf falou, expressando felicidade.

— Sim, querido, chegou. Regi, eu sei que já faz muito por nós, gostaria muito que me fizesse mais um favor.

— Sim, pode falar.

— Pode chamar Kawana? Por favor?

— Sim, irei. Precisa de algo mais? — Regi perguntou apressado.

— Não, se ela puder vir será de grande valia — Valina completou. — Obrigada, Regi.

Regi saiu descendo ladeira abaixo para buscar Kawana, mãe de Luara.

— Rudolf, acenda o fogo para ferver água, podemos precisar — Valina solicitou.

— E eu mamãe, o que faço? — Alécia perguntou alvoroçada.

— Fique aqui comigo. Pegue os paninhos que separamos.

— O sol já está alto, eu ainda não estou sentindo dores,

espero que dê tempo Kawana chegar.

— Vai dar certo, mamãe, ela vai chegar a tempo. Vamos confiar!

Valina estava sentada, sobre uma espécie de colchão feito de palhas secas, por cima havia um pano em que ela pediu para a filha substituir por outro.

— A água está pronta — Rudolf comunicou.

— Irei banhar-me, vamos comigo, Alécia.

— Rudolf, ponha mais água no fogo, poderemos precisar — Valina solicitou mais uma vez.

— Irei colocar — Rudolf estava nervoso — E as ervas?

— Vamos esperar ela chegar.

Era quase noite quando Regi chegou na caverna, com ele vieram Kawana, Luara e Jacira.

Regi ficou do lado de fora da caverna e as mulheres entraram.

— Kawana, que bom que veio! — Kawana abaixou-se e abraçou Valina, que cumprimentou Luara e Jacira.

— Você está sentindo dores?

— Não, ainda não estou sentindo nada parecido com a dor do parto, somente pequenas dores.

— Jacira, traga a pimenta — Jacira abriu uma bolsa, colocou vários pacotinhos de tecido no chão e encontrou a pimenta. — Vamos precisar fazer o chá para acelerar o parto. Posso tocá-la?

— Sim, pode. Deite-se. — Kawana fez silêncio, fechou os olhos. Naquele momento as mulheres ficaram em silêncio também. Kawana fez um canto, suave e ao mesmo tempo agudo, de olhos fechados próxima a Valina. Cantava e colocava as mãos na barriga de Valina. Esse momento durou um certo tempo, tempo de gerar energeticamente uma egrégora de bons fluidos. Lá fora, ouve-se o som de um tambor, suave e vibrante, José, Regi e Rudolf aguardavam ao redor da fogueira. O céu estava claro, mais uma lua cheia que pela hora já estava alta.

Kawana sai da caverna e chama Rudolf.

— Você precisa vir, chegou a hora, a criança quer vir ao mundo, sua mulher é o canal entre o grande espírito e a grande mãe e você o braço, o caminho, precisa segurá-la.

Valina estava com contrações cada vez maiores e em menos tempo, a hora do parto estava se aproximando. Kawana orientou que ficasse de cócoras, enquanto Rudolf a segurava por trás, sustentando seu corpo para que ela pudesse se apoiar. Valina fazia força para o bebê nascer, enquanto isso Luara, Jacira e Alécia ficaram de mãos dadas enviando boas energias, como orientou Jacira e Luara, susurrando uma canção para dar as boas vindas ao bebê, para que ele se sentisse amado e acolhido na sua chegada.

Valina, com dificuldade, esforçava-se para fazer força, por vezes ficava desfalecida, mas as dores que vinham fortemente acordavam-na para um novo momento. Em um desses rompantes, a criança nasceu, abrindo sua entrada para o mundo com um choro altivo. Valina parada, recostada sobre Rudolf que não se contendo em alegria, grita:

— Nasceu! Nasceu meu filho!

Kawana, ainda de posse da criança, enquanto a segurava próxima à Valina, a toma levemente nas mãos, a olha e com a face ruborizada diz: — *Tamatiá!*

Luara escuta o que a mãe diz e fala: — É uma menina! Uma menina! As três, Luara, Jacira e Alécia pulavam felizes com a revelação, segurando as mãos ainda em intenção de boas-vindas à criança que acabara de nascer.

— *Tamatiá uirá!* Pássaro com peito cor de rosa. — Kawana cortou o umbigo da menina e entregou para Jacira que enrolou-a em um pano.

Em seguida colocou-a próximo a lamparina, à luz e entregou-a ao pai. Rudolf segurou a filha e manteve-se perto de Valina, que nesse momento encontrava-se em êxtase com toda a magia que circundava seu corpo e aquele instante.

As meninas chegaram perto e Kawana orientou para que

Valina colocasse a filha para receber a primeira mamada.

Rudolf saiu da caverna e levou a notícia aos amigos.

— Nasceu, meus amigos, minha filha nasceu! É uma menina! — Rudolf foi em direção aos dois e abraçou cada um.

— *Adupe Iowo Olorum*! Que Deus abençoe, meu amigo! — Disse José a Rudolf.

— Que o grande espírito a guie, meu amigo! — Regi desejou a Rudolf também.

— Vamos comemorar! — Rudolf pegou a cachaça e serviu aos amigos dizendo. — À vida!

— À vida! — José e Regi brindaram!

José começou a tocar o tambor e em seguida as mulheres chegaram para juntar-se a eles.

Na caverna, Valina, sozinha com a criança, emocionada, conversava com ela baixinho, em um momento singular de conexão entre mãe e filha, como embaladas em uma dança cósmica, enebriada de amor, com seus sentidos todos aguçados e energizados especialmente para aquele momento mágico. Um momento que ela esperara por longos anos e agora se consumava pela união. O leite espirrou do peito e a criança se prendia a ela como raiz e seiva para nutrir e brotar dalí, uma flor.

Kawana entrou na caverna, levou água para Valina e disse com um sorriso leve e amigo: — Como está?

— Estou muito bem — Valina falou emocionada — Obrigada, Kawana. Muito obrigada! Eu realmente sou muito grata! — Valina chorou em gratidão à Kawana.

Kawana, olhando para ela, sorriu e disse. — *Rendyra*! Você é minha irmã!

As duas ficaram se olhando, sorrindo uma para a outra. Valina perguntou: — Qual o nome que você falou quando ela nasceu?

— *Tamatiá uirá*! Pássaro com peito cor de rosa — Kawana disse sorrindo.

— Pois assim será chamada, esse será seu nome *"Tamatiá*

161

Uirá".

Capítulo 25

Pesca da tainha

Se aproximava o mês em que era realizada a pesca da tainha, Regi estava organizando com sua família o material. A pesca era feita em grupo, os pescadores vigiavam os cardumes por dias para ver o momento certo de entrar no mar com a rede de arrasto.

— Hoje é meu dia, seu Gonçalves, eu ficarei na pedra e darei sinal, fique tranquilo — José tranquilizou Gonçalves.

— Da outra vez, quase não conseguimos ver, elas vieram pouquinhas, talvez seja melhor duas pessoas aqui — Gonçalves refletiu.

— Pode deixar, eu sou bom nisso e esse ponto alto dá para ver tudo.

— Tudo bem, vou ficar com a rede, e Regi e os outros estão com a canoa a postos.

O dia estava amanhecendo, os grupos estavam posicionados, esperando o momento certo de entrar no mar. José estava atento, olhava para todos os lados da praia, tentando enxergar qualquer sinal do cardume na água. De repente, José enxergou uma mancha escura no mar, a mancha se movimentando, pensou que era a sombra de uma nuvem, mas olhou melhor, viu que eram os peixes, pulando no mar em grande volume.

— Nossa senhora do Rosário, São Benedito, o que é isso? É muita tainha!

José levantou o pano branco como combinado, subiu na árvore e acenou para os companheiros na praia, ninguém viu. José

163

saiu correndo em desespero para a praia e ao se aproximar gritou.
— Tainha, tainha, vamos, é muita tainha!

Gonçalves olhou pra o mar, não viu.

— Onde, onde?

José apontou. — Ali!

Gonçalves viu e não acreditou. — É muita tainha — começou a gargalhar e pegar a rede. — Vamos para a canoa.

Regi subiu na canoa, olhou para o mar e gritou.

— O senhor já viu isso?

Gançalves respondeu: — Nunca, meu filho! Nunca!

Saíram apressados, rindo, gargalhando.

Os pescadores colocaram a canoa de voga na água, foram em direção à mancha escura, em que viram as tainhas pulando. Remaram para cercar o cardume, que ia apressado, com uma longa rede de arrasto. Enquanto um pescador remava o outro ia jogando a rede, com pressa, uma enorme rede, com muitos metros de comprimento. Eram muitas tainhas, milhares de tainhas, nem precisaram bater o remo no mar pra que fossem capturadas.

Na praia já havia grupos esperando para ajudar a puxar a rede.

— Fizeram o cerco e estão vindo!

Eram muitos braços enfileirados, puxando a rede do mar. A rede rasgou e muitos peixes fugiram.

Na praia puxaram e abriram a rede.

— Nunca vi uma rede só trazer tanta tainha!

— Viva! Que fartura!

As pessoas não paravam de falar, admiradas com a quantidade de tainhas que foram retiradas.

— Veja! São tantas que não dá nem para contar.

As pessoas, cada uma da sua forma, carregavam seus peixes. Pegavam qualquer quantidade. A pesca da tainha era festa, era comunitária, simbolizava a união e a vida daquele povo.

A família de Regi e todos os moradores estavam felizes, comemorando o sucesso que todos os anos era tão esperado.

Regi estava colocando tainhas em uma espécie de bolsa feita de fibras com sua família. Valente de aproximou.

— Regi, pensei que não morasse mais aqui.

— Moro, sim, senhor.

— Não trabalha mais? O que anda fazendo?

— Trabalho todos os dias no que tenho interesse.

— Quando vai voltar a trabalhar nas casas? O pessoal sente falta do seu acabamento.

— Só construo casas para os meus agora.

— Que tolice! Estão todos trabalhando e ganhando o seu dinheiro.

Regi que estava calmamente respondendo às perguntas, nesse momento mudou o tom.

— Seu Valente, sinto lhe dizer. Eu nasci, cresci nesse lugar. Nunca trabalhei da forma que o senhor propõe trabalho. A sua pedra marcada de uma ponta a outra, não sei se é sua. A terra é um direito nosso, de todos aqui. Não precisamos pedir autorização para construir nada, em lugar nenhum. Sempre nos respeitamos, assim é desde o primeiro que veio para cá, que já estou sabendo. Se o senhor tem papel, nós também podemos ter, se o senhor conseguiu porque tem leitura, agora eu também tenho. Chegamos muito antes do senhor aqui e esse direito de plantar e de morar o senhor não vai tirar! O dinheiro que ganhávamos dividindo entre nós, nas casas, era o suficiente para viver aqui, comprar o que precisássemos. Não sou como o senhor!

Regi estava vermelho e muito bravo.

— Não é só papel! O sesmeiro daqui eu conheço e já tenho, como você disse, "autorização" pra ficar com parte dela.

— Eu acho que o senhor vai ter que explicar pra muita gente.

— Eu não vou explicar nada, filho. A terra é minha, está comigo!

Valente saiu e foi se juntar às pessoas que agora trabalhavam para ele.

— Meu filho, você não pode fazer isso! E se seu Valente

fizer alguma coisa com você? — Vânia, mãe de Regi, disse preocupada.

— Ele não pode fazer nada comigo.

— Eu não sei. Esse povo, por dinheiro, parece que faz tudo agora. Eu nunca vi isso aqui.

— Pois parece que vai ver muito ainda, minha mãe. — Regi falou cético.

— Já pegamos muita aqui. Vamos consertar as tainhas, mas vamos precisar de mais sal pra salgar — Vânia falou e subiram para casa.

Capítulo 26

Jacarandá

Regi separou algumas tainhas e subiu a serra.

No caminho, encontrou Rudolf, que viu as tainhas que Regi trazia.

— Regi, como foi a captura das tainhas esse ano?

— O senhor não vai crer! Milhares de tainhas. José avistou o cardume e entramos no mar, a rede rasgou. Muita gente pegou tainha esse ano, muita felicidade! Meu pai falou que nunca havia visto tanta tainha.

Os dois subiram conversando sobre o acontecimento do dia e Rudolf falou: — Regi, chegou o momento de partirmos. Uirá está com três meses. Estamos prontos!

Regi ficou pálido e sem fala.

— Estamos felizes, meu amigo. São tempos de mudança e essa notícia da tainha veio como um sinal — Rudolf continuou.

— Vocês já sabem quando vão? Como vai ser?

— Virgulino trará cavalos e colocará seus homens para nos deixar no local onde a embarcação está. Ele vai cuidar de tudo.

— Então não vão precisar que eu vá deixá-los?

— Ainda bem que dessa vez não precisará se sacrificar — Rudolf notou que Regi estava sério. — Sentirá nossa falta, não é?

Regi cabisbaixo falou: — Sentirei.

— Você está em um lugar de muita paz, Regi. Vai poder ensinar tudo o que conversamos aqui para seu povo. Já pensou nisso? Poder dar de volta para as pessoas o que aprendeu, o que está

167

aprendendo todos os dias. Você é muito sábio, saberá a melhor forma de ensiná-los.

— Já pensei nisso, mas não tenho mais essa pretensão. Não sei ser professor.

— Como Alécia falou, você entende do mar, do rio que desagua no mar, das plantas da floresta, das águas da cachoeira, dos pássaros, animais de caça, planta, abre clareira. Você tem muito o que ensinar com sua experiência.

— Aqui não temos o costume de ensinar, cada filho aprende com seu pai, cada filha com sua mãe, só observando o que fazem.

Regi estava angustiado, não conseguia pensar no que Rudolf falava, só pensava em Alécia, no destino dela.

Chegaram à caverna, Alécia estava com Uirá.

— Regi! — Alécia o recebeu com alegria. — Veja o que Uirá esta fazendo. O pássaro canta e ela procura o seu canto.

Regi assobiou e Uirá acompanhou o som que Regi fazia.

— Você está sério? Não tinha tainha no mar?

— Tainhas muitas, infinitas. E você, como está? — Regi falou descontente.

— Estou muito bem!

Regi não disfarçou sua tristeza.

— Achei que você ficaria comigo — falou se esforçando.

— Como assim? — Alécia parou de brincar com a irmã e ficou pálida.

— Seu pai me falou.

— O quê?

Regi não entendeu a expressão de surpresa de Alécia e disse: — Que irão partir!

Os dois ficaram se olhando, sem nada dizer, cada um envoltos em seus pensamentos.

Alécia levantou-se rapidamente e foi em direção à caverna onde estavam seus pais.

— Nós vamos embora? — falou rapidamente interrompendo a conversa dos pais.

— Sim, querida! Seu pai acabou de me contar! — Valina estava eufórica com a novidade.

Alécia deu a irmã para a mãe, não conseguindo disfarçar a tristeza.

— Quando?

— Daqui a dois dias! Precisamos organizar tudo e pensar em algo para nos alimentarmos na viagem.

Alécia deixou os pais conversando e saiu da caverna sem nada dizer.

Ao chegar do lado de fora da caverna, notou que Regi não estava. Foi para o lado de trás da caverna e não o encontrou. Resolveu ir na clareira, depois no caminho em que ele descia a serra e também não o encontrou.

Alécia olha para o horizonte, em direção ao mar, e começa a chorar, sai andando rápido pela trilha, fazendo o caminho que Regi faz, chorando compulsivamente, anda, corre, depois olha para aquela floresta enorme, densa, e para, desiste de continuar. Encosta-se em um árvore e chora.

Regi caminha cada vez mais rápido para longe da caverna, não quer ser visto, não consegue parar de chorar. Desnorteado, ele passa entre uma árvore e outra, confuso. Ao mesmo tempo que deseja voltar, não consegue decidir o que fazer. Perdido em seus sentimentos, sem conseguir comandar o momento, apenas senta e chora.

Alécia levanta-se e inicia uma caminhada pela trilha, fazendo o caminho que normalmente Regi faz. Chorando sem controle ela desce correndo, gritando por Regi.

— Regi! Você está aí? Regi! — continua descendo a trilha.

Regi, sentado, ouve a voz de Alécia e rapidamente vê que ela passa perto dele e não o vê.

— Alécia! — grita ele. — Estou aqui!

Alécia para, procura Regi por entre as árvores e ele vai em sua direção. Os dois vão um ao encontro do outro como se fosse a última coisa que fizessem na vida. Beijam-se intensamente em meio a abraços.

— Pensei que não o veria mais! — Alécia falou chorando.

— Por que vai? Não vá! — Regi chora abraçado a Alécia.

— Eu não quero ir.

— Diga que ficará, por favor!

— Por que veio embora, por que saiu?

— Não suportei saber!

Os dois ficaram olhando-se e beijaram-se apaixonadamente.

— Vamos para a cachoeira — chamou Alécia.

Regi olhou para Alécia surpreso.

— Vamos!

Os dois seguiram o caminho da cachoeira, apressados, beijando-se e declarando-se um para o outro.

— Eu me sinto livre com você! — Alécia susurrou para Regi.

— Eu me vejo em você! Vamos continuar nossa história! Quero viver com você! Eu só quero respirar o mesmo ar que você até morrermos, sou seu amor na terra e no céu, onde você quiser!

Dessa vez não entraram na água. Ali, na terra, sobre as folhas secas, molhadas, fizeram amor, aproveitando o ápice dos seus sentimentos, desejos, eternizando o momento em um gozo principiante.

Regi e Alécia ficaram abraçados, em silêncio, apreciando a experiência.

— Penso que podes ir conosco também.

— Ir? Ir para onde?

Alécia ficou séria, nervosa.

— Podes ir conosco.

— Por que me chamou para vir até aqui?

— Porque te amo!

— E como agora diz que não vai ficar? Você não vai ficar?

— Eu desejo ficar, mas não sei se será...

— Como não sabe?! Você deseja ou não?

— Eu não sei se terei permissão!

— Desde o início queria ter falado com o seu pai... você não permitiu...

— Eu não sabia que seria assim!

— O que não seria assim? Você não sabia que ia querer ficar?

— Não duvide dos meus sentimentos.

— Eu não duvidei deles, apenas não pensei que esse dia fosse chegar dessa forma.

— Eu te amo!

— Eu te amo muito!

— Vamos logo falar com seu pai. Precisamos resolver.

— Não sei como será! — Alécia advertiu Regi.

— Só saberemos quando falarmos.

Os dois fizeram o caminho de volta, andando rapidamente pela floresta, segurando a mão um do outro, decididos a falar com Rudolf e Valina e sanarem a situação.

Chegando à caverna, Valina e Rudolf estavam esperando Alécia.

— Alécia, onde você estava? Por que saiu daquele jeito? Não pode fazer isso — Rudolf falou chateado com a filha.

Alécia, que não tinha costume de ver o pai daquele jeito, parou repentinamente.

— Papai...

— Desculpe, senhor Rudolf, Alécia estava comigo e acabamos demorando a voltar.

— Onde vocês estavam?

Os dois olharam-se sem saber se respondiam à pergunta.

— Onde vocês estavam, Alécia? — Valina perguntou.

— Estávamos na cachoeira — Alécia respondeu.

— E por que não avisou que iria? — Valina indagou.

— Não sabíamos que iríamos à cachoeira — Alécia falou com nítida agitação.

Regi inquieto e sem saber exatamente o que dizer, falou:

— Senhor Rudolf, senhora Valina, eu preciso falar com vocês.

Rudolf e Valina olharam-se, percebendo que algo estava acontecendo.

— Fale, Regi — Rudolf falou manso.

— Eu e Alécia queremos ficar juntos. Pretendemos viver aqui e...

Rudolf olha bem nos olhos de Regi, não disfarçando a insatisfação e surpresa do que ouvira. — Ficar juntos? Aqui?

— Sim, papai. Quero me casar com Regi, nós nos amamos — Alécia confirmou.

Valina ouve o choro de Uirá, que estava na caverna, não consegue dar atenção, fala para Alécia: — Minha filha, você sabe que não pode ficar.

Alécia fica parada diante da mãe. Regi nesse momento já está tonto com a situação.

— Valina, pegue Uirá, ela está chorando — Rudolf fala.

Alécia se aproxima do pai. — Mas papai, eu preciso que me entenda.

Rudolf olha pra Regi, vê que ele está em pé, provavelmente sem entender o que se passa. Com olhar de piedade o chama.

— Regi, sente-se aqui.

Regi, apático, já prestes a chorar, engole o choro e senta.

— Meu filho, sabes o tamanho do apreço que temos por você. Você foi a pessoa que mais nos ajudou em toda a nossa vida. Regi, meu filho, estamos cansados. Cansados de fugir, de viver em fuga, acusados de coisas que não cometemos. Nós já choramos muitos dias, sentindo-nos injustiçados, até por Deus, sem saber para onde ir e como ir.

Regi olhou para Rudolf e suas lágrimas caíam.

— Eu sei que vocês têm um sentimento pelo outro. Nós percebemos. Também não quisemos invadir o que sentiam. No entanto...

— Meu pai. Deixe-me falar!

Rudolf olha pra Alécia cético.

— O que você quer falar, Alécia?

Regi sentiu que Rudolf não iria ceder.

— Senhor Rudolf, eu entendo as questões pelas quais passam. Eu realmente sinto muito por tudo. Eu gostaria muito de ter essa chance. Não queremos nos separar!

Rudolf coloca as duas mãos no rosto, como que para reequilibrar-se.

Valina chega com Uirá e observa o que estão conversando.

Rudolf olha para Valina e expressa preocupação. — Meu amigo, você é testemunha do que passamos. Nós sempre iremos guardar você em nosso coração. Nosso coração sorri quando pensamos em você, nossa gratidão é amorosa e real, mas Alécia não pode ficar.

Valina ouve o que Rudolf disse para Regi, se aproxima de Regi, pega na mão de Alécia e diz.

— Eu faria tudo para que vocês pudessem ficar juntos, pois por onde passamos e depois de tudo o que vivemos, presenciamos a maldade, a falsidade e o ódio. Eu faria o que estivesse ao meu alcance para vocês ficarem juntos, pois eu sei que é amor. Eu sei que vocês se amam! Mas na situação em que estamos, não temos o que fazer.

Alécia estava aflita, Regi cada vez mais angustiado.

— Alécia correrá risco de vida se ficar aqui, ela será perseguida assim como nós! — Valina finalizou.

Alécia arregalou os olhos para a mãe, que balançava a criança nos braços.

Regi sem condições de processar todas aquelas informações, ainda não estava satisfeito.

— Nós iremos para outro lugar, eu sei viver aqui. Construo nossa casa, planto, pesco, pode ser bem longe daqui.

— Mesmo se fizesse isso, Regi, nunca mais a veríamos. Não sabemos onde vamos parar depois que sairmos daqui.

Alécia nesse momento já estava cabisbaixo, sentou-se e ficou quieta pensativa.

Regi fez o mesmo, baixou a cabeça. Tentanva achar uma

solução.

— Regi, eu preciso lhe contar uma coisa.

Regi olhou para Alécia surpreso.

Valina olhou para Alécia consentindo que ela fosse conversar com Regi.

Rudolf, Valina e Uirá ficaram sentados, enquanto os dois foram conversar na lateral da caverna.

Os dois sentaram-se no chão, Alécia respirou fundo e concentrou-se para falar.

— Quando eu estava no Rio de Janeiro...

Regi ouvia atento o que Alécia falava, seu coração estava batendo muito rápido. Alécia contou tudo o que aconteceu com ela no Rio de Janeiro, com todos os detalhes, seus medos e ações que a levaram a nesse momento precisar também fugir.

Regi cansado depois de toda a história de Alécia, abraçou-a fortemente e chorou por ela e pelo motivo que poderia deixá-los separados.

— Eu não sei por que passou por tudo isso — Regi lamentou para Alécia.

— Eu também, não sei como pude fazer o que fiz, mas...

— Não diga nada. Ele deveria morrer. Espero que ele não... e se ele tiver morrido, não precisará fugir.

— Mas a senhora Leonora pode vir me procurar, ela deve estar com muita raiva de mim. E ela sabe onde meus pais estavam.

— Não irá achar, aqui é muito distante, só se ela quisesse mesmo... — Regi escolheu as palavras, achou melhor não falar nada.

— Os meus pais acham que pode acontecer. Porque eles pensam que nunca fizeram nada e os acusaram de feitiçaria pela segunda vez, não querem pensar em mais nada. Irão recomeçar, não irão mais trabalhar com as plantas, com a botica, nada mais.

Regi estava perplexo.

— Alécia, que injustiça! Eu não posso crer! Como poderão parar de fazer os preparados?

— Sim. Não farão mais. Precisam viver. E para viver não

podem ser quem são e nem fazer o que amam.

— Meu amor, não consigo aceitar esse destino!

Regi abraça Alécia fortemente.

— Eu também não estou ainda acreditando.

— Eu sei que posso estar pensando algo impossível, mas diante dessa situação de perigo e de urgência, você acredita na possibilidade de nos encontrarmos?

Regi falou com aperto no peito, com dificuldade de pensar por um segundo que não estaria próximo a Alécia.

— Regi, eu não quero pensar nem por um segundo em ficar sem você. Deve ter uma forma de lhe dizer onde estou.

Regi e Alécia conversaram por um longo tempo, entre confissões, beijos, tristeza e esperança se despediram para se encontrarem no outro dia, que seria o dia da despedida.

Regi chegou em casa atônito, não sabia como se comportar, pensando que todos iriam notar o quanto ele estava abalado.

Cumprimentou todos rapidamente e logo foi para sua rede. Lá, passou cada segundo do seu tempo pensando em Alécia, a noite foi difícil, ele chorava, tampando seu rosto com um pano, para que no silêncio da noite não fosse ouvido.

No outro dia, quando o sol nasceu, ele, ressacado, saltou da rede para iniciar o dia, que pensava, seria o mais difícil de sua vida. Triste, com desânimo tomou banho, conversou um pouco com os seus e subiu a serra.

Naquele dia foi diferente, Regi por mais que quisesse chegar a caverna, como todos os dias subia rápido e ansioso, naquele dia, ele estava cansado, ele não queria viver aquela realidade. Cada passo que dava, as lágrimas caiam, como uma cachoeira, sem fim. Ele não estava suportando, estava pesado, sofrendo, não queria encarar aquele momento. Por algumas vezes parou, com o coração dolorido, doía fisicamente, a dor apontava no peito e ele sem saber o que fazer andava cada vez mais.

"Em algum momento vou chegar lá e estarei desse jeito, eu

não vou conseguir parar de chorar. O que eu faço? Eu não consigo!".

Regi chorava compulsivamente.

Avistou a caverna ao longe, sua garganta cada vez mais apertada, finalmente chegou.

Estavam todos do lado de fora, o contrário do que ele queria que acontecesse.

Quando Regi apareceu, todos olharam para ele, como nunca o olharam antes, dos pés a cabeça, parece que entraram em sua alma e viram o que estava sentindo.

Regi, desfigurado, sentiu-se desnudado, por fora e por dentro. Logo Alécia correu e foi ao encontro dele.

— Regi! — Alécia abraçou-o fortemente, sem soltá-lo por algum tempo.

Regi que inicialmente ficou desconcertado, pela presença de Valina e Rudolf que não desviaram o olhar, logo depois se rendeu ao carinho de Alécia e a abraçou como se fosse a última vez, beijaram-se ali, como se não ouvesse ninguém olhando. Valina e Rudolf, nesse momento, entraram na caverna para deixá-los à vontade.

Na caverna, Valina e Rudolf conversaram.

— Rudolf, não vou aguentar ver Alécia sofrendo. Como eles são apaixonados!

Rudolf cabisbaixo, tentava esconder sua tristeza de Valina.

— Eu também não sei o que vamos fazer. Que destino! Por que não podemos viver em paz? Por quê?

Dessa vez, Rudolf chorou, não aguentou ver o quanto sua filha estava feliz e pensar que ela poderia sofrer, além de pensar que Regi ficaria com todas as lembranças dela, ali naquele lugar que ele cultivou tantos bons sentimentos de amizade.

Os dois ficaram sentados, sentindo uma grande tristeza os invadirem.

Regi e Alécia, ainda abraçados, sem saber em qual momento precisariam se separar, não queriam por nada se soltarem.

— Iremos na madrugada. Quando raiar o dia!

— Meu amor, não fale nada. Não quero ouvir sobre isso, por favor. Dói muito!

Alécia o abraça com força, sem querer largá-lo.

— Será que podemos fugir para algum lugar? — Regi perguntou.

— Sim. Hoje não quero saber de permissões, posso desobedecer, posso viver, pois hoje é o último dia — Alécia falava e desaguava em lágrimas.

— Você vai avisar?

— Vou, para não ficarem preocupados.

— Sim.

Alécia foi com pressa a caverna e avisou aos pais que iria dar uma volta com Regi, esses ficaram estáticos olhando-a, sem nada dizer, somente consentiram.

Regi e Alécia nesse momento se olharam e sorriram, saíram apressados, sem destino, corações disparados, pulsantes, enérgicos.

— Vamos! Por aqui! — Regi pegou a mão de Alécia e a conduziu por uma pequena trilha.

— Para onde vamos?

— Não sei, vamos por aí, sem destino, vamos ver aonde vai dar!

Os dois saíram gargalhando, uniam suas mãos e se abraçavam, giravam, brincavam entre as árvores, era um misto de alegria e medo, amor e dor, tristeza e coragem, as lágrimas se confundiam com as gargalhadas, estavam felizes, muito felizes por estarem juntos naquele momento, apesar de tudo.

— Minha avó disse que a vida antes era melhor, viviam sem pressa, acho mesmo que nunca sentiram o que sinto agora.

— Amor?

— Amor e medo ao mesmo tempo, amor eterno, medo de não ser eterno, medo de perder, de amar e perder.

— Amo-te, não quero te perder!

— Eu não quero viver sem você! Qual sentido terá agora,

tudo isso já tem seu cheiro.

— Você ficará com tudo, eu ficarei sem nada, não poderei suportar não ouvir mais sua voz, sentir o calor do seu corpo, o seu cheiro, o seu beijo.

Pararam entre as árvores e ficaram ali enamorados.

— Veja! — Regi olhou para Alécia e apontou para uma árvore. — É uma jacarandá e está florida.

Alécia olhou para trás e viu a árvore com sua copa repleta de flores na cor roxa, encantou-se.

— Deusa *Maat*, explêndido!

Os dois foram caminhando para a jacarandá, ficaram embaixo da árvore olhando para suas flores. Beijaram-se longamente, sentindo o frescor da floresta, especialmente daquela árvore frondosa e florida.

Alécia falou — Vamos deitar aqui?!

Os dois deitaram-se um ao lado do outro, ficaram em baixo da copa da árvore, de mãos dadas, admirando-a. Ficaram ali por um tempo, em silêncio, acariciando um ao outro e aproveitando o momento.

Regi levantou-se e disse — Espere! Fique parada!

— Tudo bem, ficarei! — Alécia disse sorrindo.

Regi deu um salto e alcançou um galho da árvore, balançou-o e as flores caíram sobre Alécia que dava gargalhadas de alegria. Regi foi ao outro lado e fez o mesmo gesto, ficando o chão repleto de flores. Voltou para perto de Alécia e disse.

— Hoje é tudo o que posso te dar! Amo-te!

Os dois mais uma vez se emocionaram, abraçaram-se, beijaram-se e entre as flores fizeram amor, unindo-se pelo sentimento que nutriram um pelo outro. Os corações ainda batiam acelerados, envolvidos por um manto de prazer e paixão, ajudados pelo deleite da aventura e ao mesmo tempo da despedida, amaram-se mais uma vez, imprimindo em seus corpos a maravilha de uma união prazerosa. Ficaram um longo tempo sob as flores, cheirando-as e ofertando-as um ao outro.

— Não posso viver sem ti! — Alécia disse mais uma vez!

— Escreverei muitos poemas e enviarei para você!

— Eu também! Escreverei um livro inteiro com poemas para você, todos os dias, todas as horas que forem possíveis, do meu peito pulsarão palavras para ti!

— Às vezes, quando fecho meus olhos, vejo você, vejo seus olhos, verdes como o verde dessa mata escura, me sinto especial, especial por amar você, por ter você, depois escorrego pelos seus cabelos, vermelhos, queimados como o fogo, me queimo, eles são quentes, me abraçam e peço ao grande espírito que eles possam ficar aqui, abraçados a mim.

Alécia ficou séria.

— Regi, está chegando a hora, a hora de ir. Eu não quero ir! — Alécia rompe em um choro incessante.

Os dois se abraçam e choram, misturando suas lágrimas, em busca de algo que pudessem resolver a dor da separação.

— Não tem nenhuma solução? — Regi perguntou.

— Se eu fugir e não for embora com meus pais.

Os dois ficaram em silêncio, pensando. O sol estava alto e Alécia falou.

— Já passou da hora de comermos, estou com fome — Sorriu dizendo a Regi.

— Não quero sair daqui, este momento está adorável!

— Sim, também não quero. Vamos ficar! Até o fim das nossas forças — Alécia brincou com Regi.

Os dois ficaram sérios, refletindo sobre a situação.

— Regi, estou sentindo um embrulho no estômago. Não estou me sentindo muito bem, acho que estou nervosa com tudo.

— Sim, eu também estou sentindo, acho que é tristeza. Algo que dói, dói muito.

— Dói muito! — Alécia levantou-se.

— Você decide se fica, eu não vou pedir, pois sei de tudo o que se passa, e que bom que me contou, te amo muito mais. Mas quero te dizer que jamais te esquecerei e esperarei todos os dias por notícias suas, por uma mensagem que diga que ainda podemos nos ver, vou te esperar.

Alécia ficou imóvel, apenas beijou Regi e disse. — Farei o que puder, Regi! — Abraçou-o e os dois seguiram caminhando, fazendo o caminho de volta.

Regi voltava incomodado, angustiado, apesar de feliz por Alécia corresponder ao que ele sentia.

Subiram a trilha e aproximaram-se da caverna. Ao chegar lá, viram uma movimentação, várias pessoas estavam na caverna, viram cavalos, baús e homens que não conheciam.

— O que está acontecendo? — Alécia perguntou.

— Vamos ficar aqui. Deixe ver se reconheço alguém.

Os dois ficaram em silêncio escondidos, observando.

— Seu Virgulino — disse Regi. — O que ele está fazendo aqui, com todas essas pessoas?

— Será que já vieram nos pegar? E não era amanhã?

— Sim, na madrugada!

Regi já começou a ficar com falta de ar, sem saber o que pensar.

— Veja, minha mãe. Vamos lá!

Valina estava na frente da caverna, nitidamente aflita.

Os dois se aproximaram.

— Mamãe, o que está acontecendo? Quem são essas pessoas?

— Alécia, minha filha! Onde estava? Estávamos só lhe esperando.

— Esperando, como assim? Para quê?

Valina olhou pra Alécia e Regi e com tristeza disse:

— Sinto muito, nós precisaremos adiantar nossa ida. A embarcação já atracou, precisamos ir.

Regi e Alécia olharam-se, Valina sem saber o que dizer e fazer, falou:

— Irei amamentar Uirá, já estamos prontos.

Regi e Alécia ficaram estarrecidos com a notícia, como se

tivessem tirado o chão em que pisavam.

— É, chegou a hora Alécia! — Regi falou desolado.

Os dois olhavam-se, ainda sem ação alguma.

Virgulino se aproximou.

— Regi, você apareceu! Estamos todos procurando por vocês! — Virgulino lançou um olhar sobre Alécia, como se a despisse com os olhos.

— Vou entrar, Regi — Alécia falou para Regi, olhando com desagrado Virgulino, olhou-o dos pés a cabeça.

— Regi, onde vocês estavam, hein? — Virgulino insinuou.

— Estava catando frutas — Regi falou com seriedade, sem se importar com o que Vurgulino ia pensar.

— Eles já vão, a embarcação já está lá esperando. Você agora já pode seguir sua vida, veja, você sabe que desde o ano passado existe armação para pesca de baleias pela redondeza, tem trabalho por lá. Você pode conseguir para você, conheço um dos comerciantes.

— Pesca de baleia? Não, não poderia trabalhar com isso.

— Mas, por que rapaz? Você recebe o óleo em troca, poderá vender, é um bom negócio, o óleo serve para iluminação na cidade, sabão, velas, o valor é alto, Regi, aproveite.

Regi olhou para Virgulino, nunca havia pensando em nada disso, mas sabia que não queria caçar baleias.

— Não, seu Virgulino, obrigada! Eu não daria para trabalhar nisso.

— Mas Regi, você é esperto, agora com leitura, pode fazer muitas coisas, é uma oportunidade.

Regi estava enjoado, não queria pensar em nada disso, apenas no problema que tinha naquele momento, que era a ida de Alécia.

— Eu vou pensar e depois falo com o senhor.

— Os baleeiros estão lá, posso levá-lo logo, agora, nessa leva.

Regi pensou: "Posso me despedir de Alécia na própria

embarcação, não sei se senhor Rudolf iria querer e também se eu for teria que aceitar esse trabalho. Nunca iria caçar uma baleia, é sagrada para o mar. Não, não irei! Não confio em Virgulino, ele escraviza, não confio." Regi decidiu.

Rudolf apareceu.

— Regi, que bom que voltaram — Falou com seriedade com Regi.

Regi percebeu a seriedade de Rudolf, se sentiu incomodando. — Sim, senhor Rudolf, deu tudo certo. — falou olhando para Virgulino.

— Vamos, está tudo pronto, está tudo amarrado nos burros, falta apenas um baú, esse eu mesmo levo, na mão. — Rudolf comunicou.

Regi ficava cada vez mais angustiado, Alécia demorava a sair, a situação estava desagradável. Rudolf entrou na caverna e Alécia saiu, chorando em silêncio.

— Regi! — Alécia pega a mão de Regi e puxa-o para o lado, longe das pessoas.

Virgulino olha para a cena e não disfarça a curiosidade.

Os dois ficam na lateral da caverna, para o lado que dá para o mar.

— Regi, iremos agora — Alécia continuou a chorar.

Regi cada vez mais confuso e tonto, abraçou Alécia, sem se importar com quem estava olhando.

— Eu vou sentir muito sua falta. Amo-te, mais que a lua e esse mar grandioso. Não me esqueça, águas claras, não me esqueça.

— Nunca, amo-te mais que a minha vida, pois deixaria minha vida por ti. Mudaria de nome, eu mudaria tudo para ficar com você. Me perdoa, eu não sei o que fazer!

Os dois olharam-se apressados, ficaram entre abraços e beijos ligeiros, escondidos e Alécia disse.

— Ficará um baú, com o material dos meus pais, livros, anotações, folhas avulsas, lembre de mim, em cada página, eu te escreverei.

— Pegue — Regi foi abrindo sua bolsa, tirou o seu livro e disse — É tudo o que tenho.

Alécia ficou surpresa e disse — Não, não posso aceitar, é muito especial para você.

— Pegue, lembre de mim em cada página. Escrevi umas poucas palavras, mas foi em carvão, pode apagar. Amo-te!

Os dois voltaram a abraçar-se e beijar-se até que Valina chamou-os.

— Alécia, Regi, venham. Está na hora!

Os dois olharam-se mais uma vez e abraçaram-se.

— Eu te amo! — Regi disse.

— Eu também te amo, infinito!

— Adeus!

— Até logo!

Com os olhos cheios de lágrimas, Alécia foi indo em direção a mãe.

— Regi, meu filho, nós somos muito gratos e sentiremos eternamente carinho e amizade por você, nunca te esqueceremos.

Regi ficou quieto, estava muito angustiado e disse.

— Valina, você acha que um dia ainda poderemos nos ver?

Valina com tristeza aparente disse.

— Vamos acreditar que sim, Regi. Daremos notícias sim! — Finalizou com um sorriso. — Adeus, Regi, muito obrigada! Agradeça seu pai, a sua família e a todos os nossos amigos.

— Espere, ia esquecendo-me. Luara e José, mandaram um presente — Regi abriu a bolsa novamamente e tirou um pano. — É uma tipóia, para carregar Uirá.

Valina ficou feliz e saudosa. Regi pegou mais um pacote de tecido e disse. — Aqui são sementes que separei para vocês, rama de mandioca também.

— Quanto carinho! Servirá muito para carregar nossa pequena nessa aventura. Muito grata! Mande nosso abraço caloroso, nosso agradecimento. E quanto as sementes, Regi, serão com certeza, cultivadas com todo o amor — Valina segurou as duas mãos de Regi e apertou-as com força — Seja feliz, Regi, nós te amamos — Emocionada, Valina saiu.

Regi desolado, foi mesmo assim ajudar na saída.

— Senhor Rudolf? — Rudolf estava ajeitando o cavalo, e virou-se — Boa viagem! Que tudo fique bem, é o que desejo!

Rudolf continuou manejando o cavalo e falou — Obrigada, Regi!

Regi notou que ele ainda estava agindo com seriedade com ele.

Rudolf parou, reflexivo, virou-se e disse — Regi, meu amigo, muito obrigada! Você foi meu irmão — Rudolf se emocionou, os dois se abraçaram — Obrigada, filho! Vou em paz, pois sei que estará feliz na sua terra, vou em busca de melhoras, mas não o esquecerei.

— Obrigada! Ficarei bem, mas sentirei muito. Adeus!

Virgulino olhava a cena, sem entender o que estava acontecendo e falou — Vamos, chegou a hora. Boa viagem!

Rudolf colocou Valina em um cavalo, junto com Uirá, depois ajudou Alécia a subir em outro com um dos tralhadores de Virgulino, eram mais três animais com a bagagem e mais três homens.

Regi se aproximou do cavalo que Alécia estava e segurou a sua mão. Alécia lançou um sorriso triste e o cavalo saiu lentamente descendo a serra.

— Vamos, Regi? Vai para a vila? — Virgulino perguntou, montado em seu cavalo.

— Não, seu Virgulino, ficarei aqui.

PARTE 2

Capítulo 1

Paisagem da despedida

Regi ficara ali, imóvel, olhando até a última pessoa desaparecer. Depois disso ele continuou parado, olhando para a paisagem da despedida. Virou-se, viu o rastro que haviam deixado, restos de fogueira, pedras posicionadas ao redor dela, bancos improvisados, cumbucas ainda com comida, sujeira. Agora estava sozinho ali, tinha uma sensação diferente, estranha.

Andou ao redor da caverna, como se quisesse reconhecer o ambiente. Andava e olhava para tudo. Talvez procurasse algum objeto esquecido, alguém escondido, queria encontrar alguma coisa. Olhou a plantação, se viu com suas mãos naquela terra. Olhou para a jacarandá, com as folhas caindo ao lado da caverna, lembrou-se de quando eles chegaram ali. Resolveu entrar na caverna. Chegando lá, sentiu a umidade, o cheiro deles, o cheiro de Alécia, o perfume das rosas que estava entranhado naquele lugar. O sol já estava se pondo, havia ainda uma pequena lamparina acesa um pouco mais ao fundo, paninhos em um canto da caverna, parecido com cobertores pequenos, devia ser do pequeno pássaro de peito rosa, Uirá.

Com certa tontura, a vista turva, Regi se sentou no chão, viu um pote de barro onde era colocada a água, viu a palhoça, usada como cama, foi lá, pegou na palhoça, parece que queria sentir se Alécia ainda estava ali. Perto da cama, um baú, o baú de livros, de coisas deixadas por eles para Regi. Ficou nervoso, engoliu a saliva, se perguntou o que havia naquele baú, não quis abrir, estava com medo de sofrer ainda mais. O dia de hoje já teria sido suficiente, mas ao mesmo tempo não saberia se poderia sofrer mais, tamanha já era a sua dor. Não abriu! Foi até o baú, puxou-o para fora da caverna e ficou em silêncio, sentado, envolto aos seus sentimentos e aos seus pensamentos.

Um vento suave e gélido começou, nuvens cheias aproximavam-se, o vento aumentou levemente anunciando chuva e Regi continuou ali. A chuva iniciou-se, fininha, abaixando a poeira que havia levantado com o vento, molhando ele e o baú. Não se mexeu, deixou-se molhar e não se importou com o baú. Era quase noite, resolveu ir atrás de algo para fazer fogo, pegou a madeira que já estava cortada, procurou querosene, encontrou um pequeno pote, juntou folhas secas, pegou a lamparina acesa dentro da caverna e acendeu o fogo. Sentou-se no baú e ficou ali, sofrendo. Sofrendo o momento que ele tanto esperara, meses esperando esse dia chegar, o dia que ia se separar de Alécia e sabia que ela não iria ficar, sentia que esse dia seria um dos piores que iria passar, e ele chegou, o tão esperado dia.

Regi estava atônito, desnorteado, iniciou uma saga, lembrando de tudo, desde o início, de quando conheceu Alécia, de como iniciou o despertar dos sentimentos um pelo outro, a primeira vez que a viu, a roupa, o cabelo, o cheiro, ouvia sua voz, sua risada, sua leitura, como ele gostava de ouvir Alécia lendo para ele e também gostava de suas reflexões, dúvidas, suas verdades, sua personalidade altiva e rebelde. Estava decidido, não iria mais ficar ali, iria atrás de seus sonhos, suas verdades, seu progresso, não importava o quanto amasse aquele lugar, queria mais, queria desbravar, adentrar em um mundo desconhecido, queria desaprender quem era, ser outra pessoa, nova, novinha, com outras roupas, outro pensamento, até outra língua.

"Eu posso! Eu vou! Eu posso! Eu consigo!"

Regi disse em voz alta: — Eu sou livre, eu sou livre, eu sou livre!

Olhou para a direção que dava para o mar e pensou: "Vou atravessar o oceano, tudo é possível, vai dar certo!"

Regi ficou ali, com sua esperança a postos, pronta para lhe dar suporte para o que ele desejasse ter naquele momento, mesmo que tudo o que ele desejasse ter naquele momento tivesse ido embora.

Regi entrou na caverna, pegou o colchão de palha, os paninhos no chão, levou para perto da fogueira, encostou-se no baú e dormiu, triste entre um pensamento e outro, entre lágrimas e boas lembranças. Em alguns momentos da noite, acordou assustado, chorou, dormiu, sonhou, voltou a dormir. A noite foi assim, penosa e lenta.

No alvorecer, Regi acordou indisposto, os pássaros começavam a dar sinal de que o dia amanhecia, ele levantou, buscou água e ficou ali parado observando o seu sentir. Buscou frutas para comer com uma tristeza sem fim, sentou-se no baú. Colocou o baú para dentro da caverna e saiu andando na trilha que dava para a cachoeira. Seguiu o caminho da trilha com seriedade, rapidez e por vezes com raiva.

Chegou à cachoeira, sentou na pedra, na maior delas, e ficou pensativo. Tirou a roupa, ficou completamente nu e se banhou na cachoeira, ficou muito tempo se banhando na queda d'água, como se quisesse limpar, acabar com o que estava sentindo, mas não cessava. Regi chorava tomando banho e alternava com momentos de seriedade. Naquele dia, a cachoeira não tinha graça, não fez efeito, não curou, não o deixou feliz. Saiu mais uma vez andando na mata, fez o caminho de volta à caverna. Chegando lá, foi para onde as rosas estavam plantadas, cortou algumas, cheirou, pegou o baú mais uma vez na caverna, puxou-o para fora, colocou as rosas em cima dele, sentou-se no chão e pôs-se a olhar as rosas em cima do baú. Era tudo o que ele tinha, as rosas e o baú.

Do lado direito da caverna, havia ainda tainhas salgadas ao sol, acendeu o fogo novamente, assou e se alimentou. Depois, pegou sua bolsa, jogou tudo que tinha no chão e foi organizando o que ainda queria e o que não servia mais. Pedras, pedaços de madeira, sementes, pedaços de carvão, um objeto cortante amarrado com couro em um pedaço de madeira. Não tinha nada, nada que lembrasse Alécia, nada que ela tivesse deixado com ele. Olhou para o baú com mal-estar, não abriu.

O dia se passou e entre momentos de pura insatisfação, dúvidas, cansaço, Regi passou mais uma noite ali.

No terceiro dia, acordou em um salto, havia sonhado, acordado com sensações melhores, mas não se lembrou do sonho, quis voltar a dormir e não conseguiu. Ainda estava amanhecendo, levantou-se, lavou o rosto com a água do pote e foi para fora da caverna. Chegando lá fora viu uma coruja em cima do baú com as rosas. A coruja girou a cabeça, olhou para ele e voou para perto como se fosse atacá-lo, Regi assustou-se, colocou as mãos para se proteger, nesse momento ela voou alto e foi embora.

Regi foi em busca de algo para comer, sentia-se enjoado, tomou apenas água. Sentou-se mais uma vez em frente ao baú com as rosas em cima. Passou muito tempo olhando para o baú! Ouviu um barulho na mata, ficou a postos, na trilha vinha subindo seu pai, Augusto, seu irmão, e José. Ele, completamente sem graça, recebeu os seus.

— Meu filho! O que está fazendo aqui!? Pensávamos que havia ido embora com o senhor Rudolf.

— Não, meu pai, estou aqui ainda.

José olhou para o amigo sentindo uma enorme tristeza de ver o quanto Regi estava despedaçado. Quase não quis falar.

José se aproximou para cumprimentar Regi e falou baixinho no seu ouvido. — Meu irmão, reaja, isso vai passar!

O irmão de Regi, curioso, perguntou. — Você está sozinho aqui? — já foi entrando na caverna e olhando tudo o que havia lá.

— Conte-me, o que foi aconteceu, quando eles foram? — perguntou Gonçalves.

— Naquele mesmo dia que saí de casa, adiantaram a viagem

— Regi respondeu.

— E você está aqui desde aquele dia?

— Estou.

— Regi — José deu uma pausa para falar.

— Sim, diga.

José, com cautela, disse. — Seu Virgulino foi embora.

Regi não entendeu bem. — Embora? Para onde?

— Foi embora com eles, na mesma embarcação que o senhor Rudolf.

— Como foi na mesma embarcação?

— Pelo que entendemos ele não quis perder a oportunidade de ir embora daqui. Trocou sua casa e a terra que vivia aqui pelo lugar na embarcação com dois homens que iam seguir em frente. Seu Valente nos contou, disse que ele, como se não existisse mais nada na vida, foi embora só mesmo com a roupa que levou.

— É, ele arriscou! — disse Gonçalves — É muito corajoso.

Regi, com aquela notícia, quis sair correndo dali e começou a sentir raiva e impaciência.

— Corajoso, corajoso! É isso que ele é para o senhor, meu pai? E se fosse eu? Seria o quê? Quantas vezes eu falei para o senhor que queria sair daqui, viver outra vida, o senhor sempre disse que eu estava exagerando, que aqui era o melhor lugar e agora seu Virgulino é corajoso, leva o nome de coragem e eu levo o nome de quê? Covarde?

José, compreendendo a aflição e o sofrimento do amigo, nada disse.

— Ei, Regi, eu não estou dizendo nada com você, é melhor você se recolher. Eu falei o que seu Virgulino fez e elogiei, sim. Depois de tanto sofrimento, ele vai recomeçar, ele merece!

— Merece! O que é mesmo merecer? Quem merece o quê? Um homem que já escravizou pessoas, mesmo que tenha sofrido na pele uma escravização também, porque o que ele passou, sua vida como fugitivo, não foi diferente. Ele foi escravizado também, a mente dele estava escravizada, pois mentia para si o tempo todo que não era ele mesmo e, mesmo assim, ainda teve coragem de dizer que ia trabalhar com escravos e o tratamento dele seria diferente. Ele merece!

— Regi, uma coisa não acaba com a outra.

— Ele merece ir e eu mereço ficar aqui! É isso!

O irmão de Regi se aproximou e disse: — E por que você não foi, moço?

Regi ficou vermelho, gaguejou — Como eu iria? Nunca me perguntei isso, sabe por quê? Porque eu realmente não fui chamado e, mesmo que eu fosse, não teria como ir, pois é preciso de dinheiro para ir e isso é coisa que não tenho.

— Não tem porque não quer, seu Valente lhe ofereceu trabalho e você não quis — disse o irmão mais uma vez.

— Não vou me render ao trabalho de Valente pelo pouco real que ele deve pagar. Prefiro ser livre!

— Livre e sem dinheiro, o que adianta? Não vai nunca sair daqui se é isso que quer!

Regi estava confuso, não sabia mais o que pensar, o que dizer e o que fazer.

— José! E você sabe para onde eles foram? — perguntou Regi.

— Foi para aquele lugar que seu Virgulino havia falado.

— Pelo menos falaram a verdade — Regi falou.

— Regi, meu filho, vamos para casa. Sua mãe e sua avó estão querendo saber se está bem, você se vira bem na mata, mas seu lugar é lá em casa.

Regi ficou pensativo, não queria ir para casa, não queria ficar ali, não sabia mais nada dele mesmo.

— Se trabalho não sou livre, se sou livre não tenho dinheiro, se tenho dinheiro vou viver para servir aos outros e esses outros sabe-se lá o que irão fazer para tirar o que é meu.

— Como assim, tirar o que é seu? — seu pai perguntou.

— Minha liberdade! Estavam todos lá, trabalhando na hora da sesta para ganhar mais e mais, isso não tem fim. Não posso trocar meu tempo, o sabor, o prazer da vida por isso. Meu pai, o senhor sabe o prazer que é construir uma casa para quem a gente nem conhece, na alegria, no grupo, cada um faz uma coisa, sem pressão, por gostar, com capricho e com diversão, sempre foi assim, por que mudar!?

— Eu, José, não vou. Não vou, sabe porque seu Gonçalves? Porque já sofri na mão de pessoas que só querem mesmo para si, sem pensar no outro. Não posso esquecer o sofrimento que vi e que tive.

— Mas Valente não vai fazer nada disso com ninguém.

— Mas é ali, ó! — José fez um gesto, colocando os dois dedos indicadores um ao lado do outro. — É a mesma coisa, só que de máscaras. Mas agora que seu Virgulino se foi, ele perde um pouco de força.

— E Virgulino ainda me chamou para ir para trabalhar na armação das baleias em troca de óleo.

— Em troca de óleo? — perguntou o irmão de Regi — Sem dinheiro?

— Sim!

— Esse trabalho também é feito por escravizados, meu irmão, às vezes os alforriados, mas o tratamento você já sabe. São todos estrangeiros e alguns que já nasceram aqui, mas o tratamento é esse, são da alta!

— Regi pensa que ficando aqui nessa caverna vai resolver alguma coisa! Vai trabalhar, Regi! — seu irmão disse com desdém.

Regi tentava não dar atenção.

Gonçalves falou — Você está bom na leitura, pode arranjar um trabalho melhor em Paraty e fazer o que quer.

— Meu pai, eu não sei mais nem o que eu quero. Quero mesmo é ficar só!

Ficaram calados, olhando com piedade para Regi.

— E o que tem nesse baú? — perguntou Augusto.

— Nada!

— Posso abrir?

— Não. Não mexa aí.

— Calma, meu filho — disse seu pai — você está mesmo precisando ficar só — Gonçalves falou irritado.

Regi respirou fundo e disse — Vou ficar aqui, ainda não quero descer.

— Sua mãe está preocupada.

— Diga a ela que estou bem e depois eu desço.

— Tudo bem. Vamos!

José foi perto de Regi e disse: — Eu voltarei aqui, caso não retorne logo.

— Tudo bem, José.

Regi balançou a cabeça como sinal de afirmação e gratidão a José.

Gonçalves deu um abraço no filho e disse: — Se cuide e volte logo.

Saíram os três novamente pela trilha.

Capítulo 2

O baú

Regi acordou com a música da natureza, os pássaros cantavam, o vento uivava e a luz do sol adentrava a caverna com força, o sol já estava alto. Aquela noite ele dormira mal, estava cansado, acordou mais tarde que o normal. Foi lá fora, viu o baú, olhou-o diferente pela primeira vez. As rosas que estavam em cima dele haviam murchado, resolveu abrir.

O baú era grande, havia uma chave com a ponta quebrada nele, conseguiu abrir com dificuldade. Assim que abriu, viu vários potinhos de vidro e de barro identificados com nomes, eram as plantas que Valina havia separado com Alécia, com a ajuda dele. Plantas da região, a maioria para cura, algumas desconhecidas e outras guardadas por curiosidade. Foi tirando pote por pote e organizando ao seu lado, abaixo dos potes alguns livros. Retirou um a um, com seriedade e com sorrisinhos de canto de boca. Havia também folhas soltas dentro de livros, como artigos, receitas, notas e, por fim, presos à tampa, havia papéis grossos e a pena com a tinta para escrever. Pegou um livro aleatório e era exatamente o vocabulário de 1712, o qual fez a tentativa de leitura com Alécia. Abriu e ficou folheando, lendo as relações de palavras com a letra A.

"Adequadamente, adequado, adereçado, adereçar, adereço, aderencia, aderente, adestrado, adevinha, adevinhado. Adequadamente. Com termos adequados. Inteiramente. Sem omitir

particularidade alguma. Satisfazendo a todos os pontos. Responder adequadamente."

Regi pegou o papel e o lápis de pena de pato e começou a escrever, juntando as palavras e dando significado ao que leu.

"Sinto adequadamente que sou adequado adereçado a você & posso usar o meu único adereço unido a meu corpo o coração. Com aderencia derivado de verbo latino o mesmo que pegado & protecção dos affeiçoados a cujo poder & autoridade se pegarão, & confragarão os nossos obsequios, & vontades. O aderente o que segue opinião, ser aderente de alguem sou eu da tua vontade, não adestrado pelo mundo, mas por quem adevinha, molher, tú, Divina".

Capítulo 3

Paraty

Passaram-se três dias e Regi continuava na caverna, Luara e José subiram a serra. Ao chegarem lá, Regi estava debruçado sobre os livros e com os potes que Valina havia deixado.

— Regi, meu amigo — José se aproximou abraçando-o.

— Que bom que vieram. Estava sentindo falta de vocês, irmão. Como estão os meus?

— Estão todos bem. Viemos aqui saber como você está e trazer querosene, sal, roupa e tecido que sua mãe mandou — Luara falou.

— Obrigada! Estou bem, como veem, estou estudando — falou satisfeito.

— O que tem aí, Regi? — Luara falou interessada.

— Veja, eu estou olhando o livro de botânica e tentando identificar as plantas que temos aqui. Aqui tem um desenho, o nome de cada planta, o nome vulgar, que é o nome conhecido em cada região e o nome científico, que é o nome verdadeiro da planta, capaz de ser identificada onde quer que chegue, em qualquer lugar do mundo, se a planta existir lá.

— Regi, você está bem informado. Queremos aprender também! — Luara falou.

Regi sorriu.

— Aqui nos potes tem o nome de cada planta identificada.

— Então você está melhor, meu amigo. Direi aos seus. Viemos também dar notícias nossas. — José falou animado,

195

puxando uma garrafa de pinga da bolsa que carregava no ombro — Serei pai.

— O quê? Você? — Regi sorria brincando com José — Feliz, meu irmão! Você merece, merece o que há de melhor. Que venha com saúde, irmão!

— Obrigada, irmão!

— Parabéns, Luara!

— Que o grande espírito nos una!

Os amigos sentaram-se, conversaram e tomaram a cachaça, comemorando a boa nova.

Na despedida, José perguntou:

— O que digo aos seus, Regi?

Nesse momento, Regi aparentou tristeza.

— Assim que der certo, descerei.

— Tudo bem! Falarei que está bem.

Um mês depois que Regi estava na Serra do Mar resolviu ir a Paraty, saber se havia chegado alguma carta para ele. Se organizou para a viagem, desceu a pé a serra e seguiu o caminho já conhecido por ele. Cheio de lembranças e esperançoso por notícias, andava apressado para concluir a viagem. Dessa vez, praticamente não parou, seguindo o trajeto sem distrações e sem parar nos rios, após 12 horas de caminhada, alcançou a instalação de seu Salvador. Não havia pessoas na frente, ele já chamou e entrou.

— Seu Salvador.

— Sim, rapaz.

— Vim saber se tem alguma carta para mim. Meu nome é Regi.

— Regi? Não, não tem.

— Não chegou nada? Tem certeza?

— Sim, faz tempo que não chegam cartas por aqui.

Regi ficou insatisfeito e perguntou: — Qual o caminho que as cartas fazem quando vêm do estrangeiro?

— Chegam na embarcação, do lugar que a pessoa envia —

falou com deboche.

— E tem o tempo certo da embarcação chegar?

— Não, depende do dia. Já teve dia de ter mais de 20 embarcações aqui, acho que mais, mas tem meses que não vem nenhuma.

— Obrigada! No outro mês virei novamente.

— Lembro-me de você.

— Sim, já estive aqui antes.

— Você veio a mando de Rudolf, não foi?

— Sim.

— Vieram aqui procurá-los, os três. Você sabe onde estão?

— Não, senhor. Não vivem mais aqui.

— Hum. Entendo.

— Se quiser trabalho, pode vir, terá vaga para você.

Regi ficou sério olhando para Salvador e saiu.

Era noite, Regi pegou seu peixe seco com farinha e comeu em frente à igreja de Nossa Senhora do Rosário. Ali mesmo dormiu e foi embora quando o dia amanheceu.

Na volta foi até o local onde Alécia e ele deixaram o baú. Entrou na parte da floresta em que foram da outra vez, não havia nada lá. Alguém havia pegado, fazia muito tempo. Regi voltou para a floresta. Sem notícias de Alécia, faminto, cansado, sem nada, nada de novo, nada do que ele esperava.

De volta à caverna, Regi descansou e no outro dia, ressacado do que não aconteceu, resolveu continuar estudando, cultivando e comungando com sua grande mãe, diariamente. Assim ele se nutria e se unia cada vez mais à Alécia, no aprendizado com as plantas e com as palavras. Regi havia lido também as folhas soltas, os artigos que falavam das plantas ocultas, o que Valina chamava de plantas mágicas, a partir dos ensinamentos de Paracelso.

Regi foi a Paraty buscar notícias de Alécia por mais cinco vezes naquele ano, a cada mês fazia sua viagem. Não obteve notícias, não sabia se estavam vivos, se haviam tido dificuldades na viagem ou se simplesmente Alécia não havia escrito para ele.

Na festa de final de ano, Regi decidiu voltar à aldeia. Foi para sua casa, onde foi recebido com muita alegria. Encontrou José e Luara e seguiram para o local da vila onde eram realizadas as comemorações. Regi, apesar de distante da vila, ainda se sentia em casa, cumprimentou as pessoas, conversou discretamente, mas também falou dos seus estudos, da sua vontade de ensinar as pessoas da vila o que havia aprendido durante esse tempo sozinho na serra.

As pessoas conversavam com ele, mas ao mesmo tempo o tratavam como se estivesse muito diferente, como se não estivesse sã.

— José, estou achando o povo diferente.

— Muito tempo longe, Regi. O povo está te olhando diferente porque estão te achando diferente também.

— Eu estou do mesmo jeito.

— Você está falando diferente, irmão. Já é outro homem. Como se diz? Fala "rebuscada".

— Não acho, não.

— O que importa, meu irmão, é que você está aqui. Vamos beber! É melhor assim!

A noite foi regada a muita cachaça, feita por José e por seu fogo, que agora era a família de Luara. José plantava cana e fabricava a sua cachaça para comercializar na vila.

No outro dia, Regi conversou com seus pais sobre a possibilidade de ensinar as pessoas da vila, queria colaborar, ensinar as pessoas a lerem por meio da sua própria linguagem, o aprendizado a partir da natureza.

— Bom, Regi, se você quer, meu filho, vá em frente! — seu pai falou.

— Onde você vai ensiná-los? — Vânia perguntou.

— Não sei. Podemos, com a ajuda de todos, construir uma casa só para esse fim.

— Você pode ir de casa em casa falar com as pessoas.

Assim Regi fez. Foi de casa em casa explicando sua

proposta. Na casa de Pedro, falou:

— Podemos ensinar as pessoas a lerem a partir até do nosso trabalho, por exemplo, o barro, a taipa, a cobertura, o sapé, entende? É bem mais fácil e, se eu consegui, todos podem também.

Pedro ficou calado, ouvindo Regi falar.

— O que você acha, Antônio? Acha que dá certo?

Nesse momento estava José, seu pai, e todos os homens que trabalhavam com ele na construção das casas.

— Regi, acho que não dá certo.

Regi ficou supreso. — Mas por quê?

José, também surpreso, mas também sem querer aprender a ler disse: — Que é isso, homem? Não precisa ser tão enojado.

Antônio se chateou e disse: — Fique no seu lugar, homem!

— Estou no meu lugar. Você, que é melhor que eu, deveria falar melhor com seu amigo — José falou revoltado.

— Que é isso?! Vocês são amigos desde muito tempo! — Gonçalves disse.

— Antônio, eu estou querendo ajudar. Cada um aqui pode fazer algo por alguém. Não quero nada em troca.

— Regi, eu acho que você não entendeu. Ninguém aqui quer sua ajuda! Você foi para o lugar que quis ir, não veio aqui nos ajudar nem falar onde estava. Agora você quer voltar, dizendo que quer ajudar e sem querer nada em troca?

— Pedro, você tem filhos, vai querer que seu filho aprenda a ler — Regi alegou.

Pedro permaneceu calado.

José disse: — O filho de Pedro se foi, Regi.

— Se foi? — Regi perguntou.

— Ele morreu — Pedro disse.

Regi ficou sem ar, o filho de Pedro havia morrido e ele não sabia. Olhou para Pedro e disse: — Eu não sabia, Pedro. Francisco morreu?

— Sim, Regi. Mas terei outro filho e o nome dele também será Francisco.

Era costume do seu povo colocar o nome do filho que faleceu em outro filho que nascesse depois.

— Eu não sabia. Desculpe!

— Tudo bem, Regi! — Pedro falou cabisbaixo.

— Aqui tem muitas crianças, logo todos aqui aprenderão, uns com os outros.

Ficaram em silêncio.

Gonçalves gesticulou para o filho, fazendo sinal para irem embora.

Regi falou atônito: — O problema é comigo, não é? Quando falaram que um padre vinha ensinar aqui, ficaram animados, eu lembro. O problema é comigo!

Regi saiu com a cabeça baixa, desolado na companhia de seu pai, seu irmão e José.

Regi não conseguia dizer nenhuma palavra, estava se sentindo mal com o desprezo dos amigos. Ele não esperava aquele tratamento, não sabia que haviam se chateado com ele.

Os companheiros não sabiam o que dizer, seguiram calados até a casa de Regi.

José se despediu e Regi foi para sua rede. Mais uma noite sem dormir!

Capítulo 4

Serra do Mar

— Meu pai, vou voltar para a serra — Regi falou com seriedade para o pai.

— Meu filho, fique conosco, não tem sentido ficar na caverna sozinho — seu pai pediu. — Sua mãe nunca vai entender, ela não consegue.

— Fico melhor lá, meu pai. Depois eu volto.

Regi se despediu da avó, mãe do seu pai, do avô, pai da sua mãe, foi na casa das tias, conversou um pouco com os irmãos e por fim foi à casa de José.

— José, estou pensando em trabalhar com seu Salvador. Ele me chama todas as vezes que vou a Paraty.

José nada falou.

— Quem sabe de lá, posso ir para outro lugar? E ainda fico próximo do lugar que pode chegar notícias para mim.

José ainda ficou calado. Regi percebeu e disse: — Você sabe que não será bom para mim, não é?

— Eu não sei, Regi — José estava desconfortável.

— Fale, José!

— Eu gosto muito daqui.

Regi sabia que o amigo não queria sair dali, e ele concordava, mas ele queria.

— Eu entendo, José. Você está certo. O seu lugar é aqui. Eu não posso me colocar no seu lugar, mas posso ver que está feliz hoje. E isso é o que importa! Estou muito feliz por você, meu amigo. Vou subir.

— Vá, meu amigo. Volte quando precisar. Irei lhe visitar.

Regi voltou para a caverna, escrevia constantemente para Alécia, na esperança de ela escrever algo também, guardava as cartas para enviar todas de uma vez.

Criou uma rotina para leitura e escrita, plantio, preparo da comida e caminhada pela mata. Nos dias de caça José fazia companhia a ele, ou seu pai, ou às vezes ali mesmo conseguia algo.

Todos os dias acordava com os primeiros raios de sol, caminhava, cuidava das rosas, colhia frutas e sementes para comer pela manhã e cuidava da plantação. Depois preparava sua comida, assando-a na fogueira, no moquém ou na panela de barro. À tarde estudava, fazia seus preparados, retirava o óleo das plantas. No final da tarde contemplava o pôr do sol e à noite acendia o fogo e pensava, sonhava, olhando as estrelas, acompanhando o luar e conversando muitas vezes sozinho, quando não escrevia para Alécia.

Paraty, janeiro de 1735

Salvador está sentado em sua mesa, em suas mãos estão alguns pacotes, com documentos. Ele inicia a separação do material, anotando cuidadosamente em um grande livro com folhas pautadas data, origem e destino, além dos nomes dos remetentes e destinatários.

— Regi, carta para Regi, da menina Alécia — diz Salvador.

— Alécia? Dê-me aqui — Lourdes rapidamente puxou a carta da mão de Salvador.

— Calma! Pode deixar que eu entrego, já é o quinto mês seguido que ele vem, deve vir esse também.

— Deixe a carta comigo, fica mais segura e, quando ele vier, eu mesma entregarei.

Salvador balançou os ombros e continuou fazendo o seu tabalho.

Lourdes subiu a escada em espiral, seguiu para a cozinha.

Sentou-se em uma cadeira, pediu para que acendessem a chaleira com água, quando a água ferveu, pediu para que as pessoas da cozinha se retirassem e colocou a dobra da carta onde havia sido colada no vapor da chaleira. A cola foi cedendo e ela saiu da cozinha, com o envelope aberto. Dirigiu-se para o quarto, deitou na cama, abriu o envelope e retirou o papel de dentro. Em seguida começou a ler.

"17 de novembro de 1734

Amado Regi, quanto sofrimento se estendeu até o momento em que pude escrever essas primeiras palavras para você, meu amor. Estou agora em uma ilha chamada Manhattan, com muitas belezas naturais, não consigo compará-la com o Brasil, cada lugar possui suas diferenças encantadoras. A ilha possui pântanos e cachoeiras, florestas de pinheiros, carvalhos e castanheiras. Há também algo inesperado, alces e veados, veado da cauda branca, você tinha razão, fogem quando me veem. Dizem que também existem lobos selvagens e grandes ursos, mas nunca vi. A viagem foi longa o suficiente para a pequena Uirá ficar bastante pesada, sorrir com o vento. Agora já está com seu primeiro dente nascendo. O primeiro lugar que fomos foi ao cemitério judeu. Seu Virgulino foi reparar os seus, agora não é mais casado com sua prima, eles viviam juntos por causa da inquisição. Não gostaria de escrever sobre isso, mas vou te contar. Ao chegarmos ficamos tristes pois soubemos de casos de injustiças aqui contra pessoas acusadas de bruxaria. Em 1694, quatorze mulheres e cinco homens foram executados por enforcamento, denunciados por meninas mais novas que eu, acusados de bruxaria. Outras pessoas morreram na prisão na vila de Salem e também conhecemos um padre que fugiu do Brasil na mesma embarcação que nós, ele não estava no seu melhor juízo. Na verdade, era judeu e se converteu para poder sobreviver, o pobre virou padre e acabou fazendo parte do tribunal, contou detalhes sobre as torturas, e contou um caso. Falou que o acusado foi posto de pé sobre um pequeno banco, com as mãos amarradas pelas costas. A corda era içada por uma polia presa ao teto, erguendo a vítima no ar para aumentar a intensidade da dor. Braços e ombros, torcidos no sentido contrário ao natural, suportavam todo o peso do corpo. A um sinal do inquisidor, a corda foi descida de modo brusco, deixando o réu com os pés oscilando a poucos centímetros do solo. O tranco costumava desencaixar ossos e dilacerar músculos. O homem não aguentou e pediu que o descessem, pois queria confessar suas culpas, o padre relatou, depois foi determinado que o carrasco baixasse por inteiro a corda, para que o preso pudesse firmar os pés sobre a banqueta. A essa altura, a dor já abatera o réu. Confessou então que era judeu e que, até aquele momento, acreditara na salvação de sua alma pela Lei de Moisés. Mas estaria arrependido. Pedia clemência. Disse que quem lhe ensinara os princípios do judaísmo fora sua madrasta, segunda mulher de seu pai, já falecida. Ela o instruíra a guardar o sábado, a fazer jejuns rituais, a respeitar as leis alimentares de seu povo. O quanto poderíamos sofrer com os inquisidores! Obrigada por ter feito aquele depoimento ao escrivão e nos livrado de tamanha tragédia. Somos gratos pela eternidade. Meu amor, que mundo cruel o que vivemos?! Eu estou sem suportar! Ainda ao chegar, discutimos com a própria guardadora de chaves do cemitério dos judeus, ela ouvindo-nos conversar, e nós não sabíamos que ela entendera português, percebeu que falávamos sobre nosso caso. Ela nos disse que sabia bem como eram as bruxas, que se reuniam em assembleias noturnas, deixando para trás seus corpos ou mudando de formato para poderem voar para os lugares de reunião. Disse que a bruxa sugava o sangue das vítimas ou devorava-lhes os órgãos, fazendo com que elas definhassem até morrer, que as bruxas comiam crianças ou causavam-lhes, de algum outro modo, a morte, levando às vezes sua carne para a assembleia. Cavalgavam em vassouras ou outro objeto, voavam nuas, usavam unguentos para mudar de forma, executavam danças de roda, possuíam espíritos familiares e praticavam orgias e ainda disse que geralmente eram mulheres velhas, brancas ou pretas. Ela disse todas essas coisas e saiu correndo pelo portão do cemitério e eu saí correndo atrás dela e meu pai correndo atrás de mim e depois todos os outros. Ela correu e eu não consegui dizer nada, mas a verdade é que estou cansada, do mundo, das pessoas do mundo, que apenas pensam em si, em consumir as suas próprias crenças, saem acusando sem provas, retirando a ciência do lugar dela, retirando a verdadeira magia que é da própria natureza, das ervas, das curas, das plantas mágicas para dar lugar a mentiras. Os cientistas sendo presos por exporem seus pensamentos. Curandeiros como os meus pais e tantos outros com acusações sem fundamento. E em nome de quê? De quem? De Deus não pode ser, de Jesus, de Moisés, do grande espírito, de Maat? De quem? Nunca conseguirei entender! Quem pode ser essas bruxas e esses bruxos, senão nós mulheres e homens? Mas sabes bem, nós mulheres somos muito mais atacadas, precisamos mais do que nunca, somente existir. Quando teremos paz? Sigo minha vida, buscando motivos para viver esse momento sem você. Amo-te do momento em que abro os olhos, mas também sei que estava a sonhar contigo, os meus dias são para ti e quero que eles continuem assim, até o dia em que nos reencontraremos e seremos felizes, nós e todos os outros.

    Amo-te infinito!

    P.S. Te escreverei mais outras muitas cartas com melhores notícias que estas!

    Minha mãe, meu pai e a amada Uirá te mandam beijos carinhosos.

    Alécia"

Lourdes, após terminar a leitura, diz. — Pobrezinha! Como é ingênua!

Capítulo 5

Promessa

— *Yacy taiá* — Jacira encontra um vasilhame mexido. — Erva venenosa, está escrito aqui *casta de Caladium* — fala com tristeza.

— Não posso acreditar! — Luara falou — Silencioso, *Kyririnte* — Luara abraça-se com José e chora.

José não compreende bem o que vê. Abraça-se a Luara e chora copiosamente.

— Por quê? — José chora enquanto toca em Regi, o abraça como se quisesse tirar a prova, balançando-o — Irmão, irmão! — acaricia seus cabelos e nota que perto da sua cabeça tem um papel, pega-o e abre, vê que é uma carta, entrega para Luara.

Luara, chorando, abraça-se com Jacira. As duas colocam o papel de forma que possam ler juntas, Jacira lê em voz alta.

"28 de janeiro de 1735

Alécia
Te escrevo do alto da Serra do Mar, a fogueira está acesa. Aqui só ouço o barulho do vento e dos animais noturnos da mata, como bem conheces. Hoje te escrevo para contar um feito, consegui fazer um perfume com as flores do pé de Jacarandá. Logo que se foram, todas as folhas da árvore caíram e, quando me dei conta, o chão estava coberto de flores, roxas, da mesma cor das flores em que nos amamos. Guardarei para você o perfume. José, que agora tem seu próprio alambique, me ajudou a retirar o óleo das plantas, o que me deixa muito feliz.

Eu demorei para escrevê-la dessa vez, não estava muito

bem, mas agora sinto-me melhor para contar o que aconteceu. Tentei retornar para a vila, para poder ensinar as pessoas, mas fui rejeitado, acharam-me louco, acharam que estava indo para um caminho diferente demais e fui reclamado por ter saído da vila sem me despedir.

Esse tempo todo aqui na caverna, me sinto só, estou sentindo a falta do teu calor, por um minuto esqueço tudo e parece que estás aqui comigo. Mas na verdade é que nunca estou só, a imensidão me preenche, me toma, e não me deixa mais entristecer, me fazendo companhia diária. O sol me acorda, os pássaros vêm buscar sementes, a terra me nutre, o que planto me ensina sobre o tempo, o de plantar, o de germinar, o de crescer e depois colher e ainda o de morrer. Não toco nas rosas, deixo vir os botões, depois vejo-as desabrochar e logo elas morrem, sem as tocar, depois pego as sementinhas e a que envelheceu, morreu, ainda fica um tempo presa, depois se degrada, completamente, até o fim. Mas até isso acontecer, muitas outras rosas nascem. A lua me orienta e o mar, esse que agora demoro a ver, me lembra do mistério, o mistério da vida, me faz acreditar que ao mesmo tempo em que posso somente admirar, também me faz acreditar que um dia posso navegar e esse dia poderá chegar, mas de mim dependerá.

A revolta, por vezes, me atinge. Não consigo entender como viver aqui tão unido ao grande espírito e pensar que tenho tudo, ao mesmo tempo posso pensar que não tenho nada. Quando me recusei a trabalhar para seu Valente e depois com os baleeiros e depois com seu Salvador, eu penso que posso ter perdido aquela coisa que chamam de oportunidade.

Eu luto, todos os dias, para continuar vivendo da forma que acredito, sem escravizar nem mesmo uma flor. Como podem querer matar tantas árvores que vivem unidas umas às outras, usando umas a sombra das outras, a raiz, a terra, para plantar um único tipo para fazer algo para vender e mais, usar a alma das pessoas, a vida, o que se tem de mais precioso para produzir algo para vender e depois deixar essas pessoas à sua própria sorte!?

Como puderam expulsar dessas terras tantas pessoas que viviam aqui em harmonia, matar, maltratar? Como podem torturar e matar pessoas por causa da sua fé, do seu modo de ser? A relação com o sagrado vai além, matar em nome do criador? Como Kawana nos disse, nós somos a grande mãe, estamos nela, somos ela, não estamos separados e não somos nem melhores nem piores que os outros, somos iguais, viemos e iremos da mesma forma, o pano que nos cobre não interessa para o grande espírito, o que importa é o que fazemos a partir do que ele nos entrega. A vontade de serem livres os trouxeram até aqui, a minha vontade de ser livre me trouxe até aqui. Quando penso em você, vejo todos vocês correndo felizes com pássaro de peito rosa, sem temer o desconhecido, sem temer o que os levou até aí, vejo-os livres, livres. Escravizaram nossos corpos, nos prenderam sem saber. Vocês, sem poderem ser quem realmente são, eu com medo de ser quem realmente sou. Dominaram nossas mentes, querendo nos adequar, conseguiram, precisaram deixar de fazer o que amam e deixar quem amam e se adequar. Veja a mãe de seu Virgulino, morreu de tristeza por não saber mais quem era, se perdeu! Penso que o mesmo pode acontecer conosco, a língua original já não é mais falada, já não se sabe mais o que falar, o que poderá acontecer? Porém, fico contente de conhecer outros povos e essa mistura nos deixa mais bonitos e felizes. José e Luara, você e eu, somos prova disso! Logo nascerá o filho de José e Luara, brasileiro, caiçara, nascido de uma união natural, não foi imposição! Você estava certa, eu queria brigar, a carta do tarô, não lembro mais o nome, estava certa, a minha força virou fraqueza, mas o meu espírito, esse nunca poderá ser dominado! O nosso espírito é livre! Um dia iremos estar em completa felicidade e harmonia entre todos os seres, corpo, mente e espírito!

"Mucurypauá = promessa"

Amo-te!

REGI"

FIM

LITERATURA CONSULTADA

Barsalini, Heitor. **A História da Alimentação nas Terras de Yperoig**. 1. Ed. São Paulo: Chiado Brasil, 2019.

Bluteau, Dom Raphael. **Vocabulario Portuguez e Latino.** Collegio das Artes da Companhia de Jesu. Coimbra, 1712.

Brito, Mariana Reis, Valle, Luci de Senna. **Plantas medicinais utilizadas na comunidade caiçara da Praia do Sono, Paraty, Rio de Janeiro, Brasil**. Acta Botanica Brasilica 25(2): 363-372. 2011.

Camara, Giselle Marques. *MAAT*: **O PRINCÍPIO ORDENADOR DO COSMO EGÍPCIO. Uma reflexão sobre os princípios encerrados pela deusa no Reino Antigo (2686-2181 a.C.) e no Reino Médio (2055-1650 a.C.).** Trabalho de tese. Universidade Federal Fluminense, Niterói, 2011.

Camões, Luis. **Os lusíadas**. 3. Ed. São Paulo: Martin Claret, 2012.

Campos, Castro Paulo, Guimarães, Poliana Bezerra de Araújo. **Das Janelas de Parati.** Estação Científica - Juiz de Fora, n° 20, julho - dezembro / 2018.

Dossiê de Registro da Festa do Divino Espírito Santo da Cidade de Paraty. Instituto do patrimônio histórico e artístico nacional, 2009.

Fernandes, Neusa. **A Inquisição em Minas Gerais no século XVIII**. 3. Ed. Rio de Janeiro: Maud, 2014.

Jodorowsky, Alejandro; Costa, Marianne. **O caminho do tarot**. Tradução de Alexandre Barbosa de Souza. São Paulo: Editora Campos, 2016.

Levy, Daniela. **De Recife para Manhattan: Os judeus na formação de Nova York**. 1. Ed. São Paulo: Planeta, 2018.

Marcílio, Maria Luiza. **Caiçara: terra e população: Estudo de Demografia Histórica e da História Social de Ubatuba**. 2. Ed. São Paulo: Edusp, 2006.

Métraux. André. **A religião dos Tupinambás.** Vol. 267, série 5ª. Biblioteca pedagógica brasileira, Braziliana, 1950.

Mota, Sarita Maria. **Sesmarias e propriedade titulada da terra: o individualismo agrário na américa portuguesa.** SÆCULUM - REVISTA DE HISTÓRIA [26]; João Pessoa, jan./jun. 2012.

Neto, Lira. **Arrancados da terra**. São Paulo: Companhia das Letras, 2021.
Novinsky, Anita Waingort. **Viver nos tempos da inquisição**. 1. Ed. São Paulo: Editora Perspectiva S/A, 2018.

Nunes, Antonietta d´Aguiar. **Educação indígena no Brasil antes da chegada dos europeus.** ANPUH - XXV SIMPÓSIO NACIONAL DE HISTÓRIA — Fortaleza, 2009.

Paracelso. **As plantas mágicas (botânica oculta).** Tradução de Attílio Cancian, supervisão de Maxim Behar. São Paulo: Hemus Livraria editora Ltda, 1976.

Ribeiro, Darcy. **O Povo Brasileiro: a formação e o sentido do Brasil**. 1ª ed. digital. São Paulo: Global Editora, 2014.

Russel, Jeffrey B, Brooks Alexander, traduzido por Álavaro cabral, Wiliam Lagos. **História da Bruxaria**. 2. Ed. São Paulo: Aleph, 2019.

Siqueira, Priscila. **Genocídio dos caiçaras**. 3. Ed. São Paulo: Scortecci, 2019.

Stradelli, Ermano. **Vocabularios da lingua geral portuguez-nheêngatú e nheêngatú-portuguez, precedidos de um esboço de Grammatica nheênga-umbuê-sáua mirî e seguidos de contos em lingua geral nheêngatú poranduua.** Revista do Instituto Historico e Geographico Brasileiro, Tomo 104, Volume 158, p. 9-768, 1929.

SOBRE A AUTORA

Viviany L. F. Santos

Viviany é mulher, mãe, educadora. Formou-se em Zootecnia e fez mestrado e doutorado em Zootecnia. Atualmente é professora da Universidade Federal do Rio Grande do Norte. É leitora de aura e autora do livreto "O oráculo arco-íris".

CONTATOS
@vivianylfsantos
vivianys1804@gmail.com

Made in the USA
Columbia, SC
22 April 2024

34312573R00133